CB126903

MIMO

Virginia Woolf

As ondas

Virginia Woolf

As ondas

TRADUÇÃO
Tomaz Tadeu

1ª reimpressão

autêntica

O sol ainda não se levantara. O mar era indistinguível do céu, exceto que o mar estava levemente franzido como um pano que tivesse vincos. Gradualmente, à medida que o céu clareava, uma linha escura se estendia no horizonte, separando o mar do céu, e o pano cinzento ganhava barras de traços espessos que se moviam, uma após a outra, por sob a superfície, uma seguindo a outra, uma perseguindo a outra, perpetuamente.

À medida que se aproximava da praia cada barra se erguia, se avolumava, quebrava e estendia um tênue véu de água branca ao longo da areia. A onda fazia uma pausa, e então de novo se elevava, como alguém que dorme e cuja respiração vai e vem inconscientemente. Gradualmente, a barra negra do horizonte tornava-se clara como se o sedimento numa garrafa velha de vinho tivesse se depositado no fundo e deixado o vidro verde. Atrás dela o céu também clareava como se o sedimento branco tivesse se depositado ali, ou como se o braço de uma mulher reclinada sob o horizonte tivesse erguido uma lamparina e barras planas de branco, verde e amarelo tivessem se espalhado pelo céu como as folhas de um leque. Então ela ergueu mais a lamparina, e o ar parecia ter se tornado fibroso e se desprendido da superfície verde, tremeluzindo e flamejando em fibras rubras e amarelas como a chama fumegante que estala de uma fogueira. Gradualmente, as fibras da fogueira ardente se fundiam numa bruma, numa incandescência que levantava a carga do céu cinza e lanoso de cima dela e o transformava num milhão de átomos de um azul suave. A superfície do mar devagarinho se tornava transparente e continuou se encrespando e espumando até as listras escuras terem quase se apagado. Devagarinho o braço que segurava a lamparina ergueu-a mais e depois mais ainda até que uma chama larga se tornou visível; um arco de fogo ardia na linha do horizonte, e por toda parte o mar resplandecia dourado.

A luz caía sobre as árvores do jardim, tornando uma folha transparente e depois mais outra. Um pássaro chilreou lá no alto; houve uma pausa; um outro chilreou mais abaixo. O sol avivava as paredes da casa, e repousava como a ponta de um leque sobre uma cortina branca, e deixava a marca de um dedo azul de sombra sob a folha ao lado da janela do quarto. A cortina se agitava levemente, mas tudo dentro estava escuro e insubstancial. Lá fora os pássaros entoavam sua pálida melodia.

“Vejo um anel”, disse Bernard, “pairando sobre mim. Ele tremula e paira num laço de luz.”

“Vejo uma placa de amarelo pálido”, disse Susan, “espalhando-se até encontrar uma listra púrpura.”

“Ouço um som”, disse Rhoda, “piu-piu; piu-piu; subindo e descendo.”

“Vejo um globo”, disse Neville, “pendendo feito uma gota contra os enormes flancos de alguma colina.”

“Vejo uma borla carmesim”, disse Jinny, “trançada com fios dourados.”

“Ouço algo pateando o chão”, disse Louis. “A pata de um animal enorme está acorrentada. Ele pateia, e pateia, e pateia.”

“Olhem a teia de aranha no canto da varanda”, disse Bernard. “Está coberta de contas de água, de gotas de luz branca.”

“As folhas estão agrupadas em volta da janela como orelhas pontudas”, disse Susan.

“Uma sombra cai sobre a trilha”, disse Louis, “como um cotovelo dobrado.”

“Ilhas de luz estão flutuando sobre o gramado”, disse Rhoda. “Elas desceram pelo meio das árvores.”

“Os olhos dos pássaros estão brilhando nos túneis por entre as folhas”, disse Neville.

“Os caules estão cobertos de pelos curtos, ásperos”, disse Jinny, “e gotas de água se grudaram neles.”

"Uma lagarta entalhada com patas rombudas", disse Susan, "está enrolada feito um anel verde."

"O caracol de concha gris arrasta-se pela trilha e aplaina as folhas da grama à sua passagem", disse Rhoda.

"E as luzes ardentes vindas das vidraças cintilam no gramado", disse Louis.

"As pedras estão frias sob os meus pés", disse Neville. "Sinto cada uma delas, redondas ou pontiagudas, separadamente."

"As costas da minha mão queimam", disse Jinny, "mas a palma está fria e úmida do orvalho."

"Agora o galo cucurica como um jorro forte de água vermelha na maré branca", disse Bernard.

"Os pássaros estão cantando para cima e para baixo, para cá e para lá, por todo lado à nossa volta", disse Susan.

"O animal pateia; o elefante com a pata acorrentada; a grande besta na praia pateia", disse Louis.

"Olhem para a casa", disse Jinny, "com todas as janelas brancas por causa das cortinas."

"A água fria começa a escorrer da torneira da área de serviço", disse Rhoda, "caindo em cima da cavalinha na tigela."

"As paredes estão estriadas com estrias douradas", disse Bernard, "e há sombras azuis de folhas, em forma de dedos, debaixo das janelas."

"Agora a sra. Constable ajeita suas grossas meias pretas", disse Susan.

"Quando a fumaça sobe, o sono exala do telhado em espirais, como névoa", disse Louis.

"Os pássaros antes cantavam em coro", disse Rhoda. "Agora a porta da área de serviço está destrancada. Eles levantam voo. Levantam voo como um jorro de sementes. Mas um deles canta ao lado da janela do quarto, só."

"Bolhas se formam no fundo da caçarola", disse Jinny. "E se erguem, cada vez mais ligeiro, numa corrente de prata, até o topo."

"Agora Biddy escama o peixe com uma faca denteada em cima de uma tábua de madeira", disse Neville.

"Agora a janela da sala de jantar está azul escuro", disse Bernard, "e o ar ondula por sobre as chaminés."

"Uma andorinha está empoleirada no para-raios", disse Susan. "E Biddy bateu com o balde nas lajes da cozinha."

"Essa é a primeira badalada do sino da igreja", disse Louis. "Então as outras se seguem; uma, duas; uma, duas; uma, duas."

"Olhem para a toalha, voando branca ao longo da mesa", disse Rhoda. "Agora há círculos de porcelana branca e listras de prata ao lado de cada prato."

"De repente uma abelha ribomba em meu ouvido", disse Neville. "Está aqui; se foi."

"Ardo, tirito", disse Jinny, "saio deste sol, entro nesta sombra."

"Agora se foram todos", disse Louis. "Estou só. Entraram na casa para o café da manhã e me deixaram perto do muro entre as flores. É muito cedo, antes das aulas. Nas profundezas do verde uma flor atrás da outra fica manchada. As pétalas são arlequins. Os caules se erguem dos buracos negros lá embaixo. As flores nadam como peixes feitos de luz sobre as águas verdes, escuras. Seguro um caule na mão. Eu sou o caule. Minhas raízes descem às profundezas do mundo, através da terra seca, empedrada, e da terra úmida, através de veios de chumbo e prata. Sou todo fibra. Qualquer tremor me abala, e o peso da terra pressiona minhas costelas. Aqui em cima meus olhos são folhas verdes, cegas. Aqui em cima sou um menino em flanelas cinza com um cinto preso por uma serpente de bronze. Lá embaixo meus olhos são os olhos sem pálpebras de uma figura de pedra num deserto à margem do Nilo. Vejo mulheres passando com cântaros vermelhos em direção ao rio; vejo camelos bamboleando e homens em turbantes. Ouço tropéis, tremores, alvoroços ao meu redor.

"Aqui em cima Bernard, Neville, Jinny e Susan (mas não Rhoda) roçam os canteiros de flores com suas redes. Eles escumam as borboletas dos topos ondulantes das flores. Eles roçam a superfície do mundo. Suas redes estão cheias de asas adejantes. 'Louis! Louis! Louis!', gritam. Mas eles não conseguem me ver. Estou do outro lado da sebe. Há apenas pequenos orifícios no meio das folhas. Oh, Senhor, deixe que passem. Deixe, Senhor, que estendam suas borboletas num lenço em cima do cascalho. Deixe que contem suas belas-damas, seus almirantes-vermelhos e suas brancas-da-couve. Mas me deixe passar despercebido. Sou verde como um teixo no cortinado da sebe. Meus cabelos são feitos de folhas. Estou enraizado no meio da terra. Meu corpo é um caule. Aperto o caule. Uma gota escorre do buraco da boca e lenta, densamente, aumenta cada vez mais. Agora alguma coisa cor-de-rosa atravessa o orifício. Agora um raio de luz de um olho se insinua pela fenda. Sua luz me atinge. Sou um menino num terno de flanela cinza. Ela me encontrou. Sou atingido na nuca. Ela me beijou. Está tudo arruinado."

"Eu estava correndo", disse Jinny, "depois do café da manhã. Vi as folhas se mexendo num buraco da sebe. Pensei: 'É um pássaro no ninho'. Afastei-as e olhei; mas não havia nenhum pássaro num ninho. As folhas continuaram se mexendo. Estava com medo. Passei correndo por Susan, por Rhoda, e por Neville e Bernard, que conversavam no paiol das ferramentas. Gritava enquanto corria, ligeiro, cada vez mais ligeiro. O que fazia as flores se mexerem? O que faz meu coração, minhas pernas se mexerem? E corri para cá vendo você verde como um arbusto, Louis, como um ramo, muito quieto, com os olhos fixados. 'Está morto?', pensei, e te beijei, com meu coração pulando sob meu vestido cor-de-rosa, como as folhas, que continuam se mexendo, embora não haja nada que as faça se mexerem. Agora sinto cheiro de gerânios; sinto cheiro de húmus. Danço. Ondulo. Sou atirada sobre você como uma rede de luz. Fico tremendo jogada sobre você."

"Pela fenda na sebe", disse Susan, "eu a vi beijando-o. Levantei a cabeça do vaso de flores e espiei por uma fenda na sebe. Eu a vi beijando-o. Eu os vi, Jinny e Louis, se beijando. Agora vou embrulhar minha agonia no lenço. Vai ficar enrolada bem firme numa bola. Vou sozinha para o bosque de faias, antes das aulas. Não me sentarei a uma mesa, fazendo contas. Não me sentarei perto de Jinny nem perto de Louis. Vou pegar minha angústia e largá-la em cima das raízes embaixo das faias. Vou examiná-la e passá-la por entre os dedos. Eles não me encontrarão. Comerei nozes e farejarei ovos no meio das amoreiras silvestres e meu cabelo ficará emaranhado e dormirei embaixo das sebes e beberei da água das valas e ali morrerei."

"Susan passou por nós", disse Bernard. "Ela passou pela porta do paiol das ferramentas com o lenço enrolado numa bola. Não estava chorando, mas seus olhos, que são tão bonitos, estavam estreitos como olhos de gato antes do salto. Irei segui-la, Neville. Ficarei discretamente atrás dela, para estar disponível, com minha atenção, para confortá-la quando tiver um ataque de raiva e pensar: 'Estou só'.

"Agora ela caminha pelo campo gingando, com um ar despreocupado, para nos despistar. Então chega ao declive; pensa que não é vista; começa a correr com os punhos cerrados à sua frente. Suas unhas se juntam na bola do lenço. Está indo na direção dos bosques de faias ao abrigo da luz. Estende os braços à medida que se aproxima deles e entra na sombra como uma nadadora. Mas está cega por causa da luz e tropeça e se atira em cima das raízes embaixo das árvores, onde a luz parece latejar, entrando e saindo, entrando e saindo. Os ramos sobem e descem. Há agitação e inquietude aqui. Há tristeza. A luz é intermitente. Há angústia aqui. As raízes formam um esqueleto no chão, com folhas mortas amontoadas nos cantos. Susan estendeu sua angústia. Seu lenço está posto em cima das raízes das faias e ela soluça, sentando-se dobrada sobre si mesma, onde caíra."

"Eu a vi beijando-o", disse Susan. "Espiei por entre as folhas e a vi. Ela dançava sarapintada de diamantes, leve como poeira. E eu sou atarracada, Bernard, sou baixinha. Tenho olhos que olham rente ao chão e veem insetos na grama. O calor amarelo no meu peito virou pedra quando vi Jinny beijar Louis. Vou comer grama e morrer numa vala, na água marrom em que as folhas mortas apodreceram."

"Vi você sair", disse Bernard. "Ouvi você gritar ao passar pela porta do paiol das ferramentas: 'Sou infeliz'. Larguei a minha faca. Estava fazendo barcos de lenha com Neville. E meu cabelo está desalinhado porque quando a sra. Constable me disse para penteá-lo havia uma mosca numa teia e me perguntei: 'Devo soltar a mosca? Devo deixar que a mosca seja comida?'. Estou, pois, sempre atrasado. Meu cabelo está despenteado e essas lascas de madeira se grudam nele. Quando a ouvi gritar comecei a segui-la e vi quando largou o lenço no chão, todo embolado, com a raiva, com o ódio enredados nele. Mas isso logo vai passar. Nossos corpos estão próximos agora. Você me ouve respirar. Também vê o besouro carregando uma folha nas costas. Ele corre para este lado, depois para o outro, de modo que até mesmo o seu desejo enquanto observa o besouro, de possuir uma única coisa (é Louis agora), deve oscilar, como o vaivém da luz nas folhas da faia; e então as palavras movendo-se às escuras nas profundezas de sua mente desatarão esse nó de rigidez, torcido em seu lenço."

"Amo", disse Susan, "e odeio. Desejo tão só uma única coisa. Meus olhos são rígidos. Os olhos de Jinny explodem em mil luzes. Os de Rhoda são como aquelas flores pálidas nas quais as mariposas pousam ao entardecer. Os seus se enchem e transbordam e nunca explodem. Mas eu já estou determinada em minha meta. Vejo insetos sobre a grama. Embora minha mãe ainda tricote meias brancas e embainhe aventais para mim e eu seja uma criança, eu amo e odeio."

"Mas quando nos sentamos juntos, juntinhos", disse Bernard, "fundimo-nos um no outro com frases. Estamos debruados de névoa. Formamos um território insubstancial."

"Vejo o besouro", disse Susan. "É preto, eu vejo; é verde, eu vejo; estou presa a palavras soltas. Mas você se aventura; você vagueia; você se ergue mais alto, com palavras e palavras em frases."

"Agora", disse Bernard, "exploremos. Há a casa branca que fica entre as árvores. Está lá embaixo, desde sempre, tão longe, sob nós. Vamos mergulhar como nadadores tocando o fundo só com as pontas dos dedos dos pés. Vamos mergulhar pelo meio do ar verde das folhas, Susan. Mergulhamos à medida que corremos. As ondas se fecham sobre nós, as folhas da faia se juntam sobre nossas cabeças. Ali está o relógio do estábulo com seus ponteiros dourados brilhando. Aqueles são os telhados planos e os torreões da casa grande. Ali está o cavalariço com suas botas de borracha rangendo no chão do pátio. Aquilo é Elvedon.

"Agora caímos, por entre as copas das árvores, na terra. O ar não nos envolve mais em suas longas, infelizes ondas púrpuras. Tocamos a terra; pisamos o chão. Aquilo é a sebe bem aparada do jardim das damas. Ali elas caminham ao meio-dia, com tesouras, colhendo rosas. Agora estamos no bosque anelado com o muro ao redor. É Elvedon. Vi placas nos cruzamentos com um braço apontando: 'Elvedon'. Ninguém esteve aqui. As samambaias cheiram muito forte e há cogumelos vermelhos crescendo embaixo delas. Agora despertamos as gralhas adormecidas que nunca viram uma forma humana; agora andamos por cima de nozes-de-galha podres, avermelhadas pelo tempo e escorregadias. Há um muro anelado ao redor deste bosque; ninguém vem aqui. Escute! Aquilo é o baque de um sapo gigante na vegetação rasteira; aquilo é o estalido de alguma pinha primitiva caindo para acabar apodrecendo no meio das samambaias.

"Apoie o pé neste tijolo. Olhe por cima do muro. Aquilo é Elvedon. A dama está sentada entre as duas janelas compridas, escrevendo. Os jardineiros varrem o gramado com vassouras gigantes. Somos os primeiros a vir aqui. Somos os descobridores de uma terra desconhecida. Não se mexa; se os jardineiros nos virem atirarão em nós. Seremos cravados como arminhos na porta do estábulo. Veja! Não se mova. Agarre firme as samambaias no topo do muro."

"Vejo a dama escrevendo. Vejo os jardineiros varrendo", disse Susan. "Se morrêssemos aqui, ninguém nos enterraria."

"Corra!", disse Bernard. "Corra! O jardineiro de barba preta nos viu! Vamos ser abatidos! Vamos ser abatidos como gaios e pendurados no muro! Estamos numa região hostil. Temos que fugir para o bosque de faias. Temos que nos esconder embaixo das árvores. Na vinda entortei um graveto. Há uma senda secreta. Abaixe-se o máximo que puder. Siga sem olhar para trás. Vão pensar que somos raposas. Corra!

"Agora estamos seguros. Agora podemos nos levantar de novo. Agora podemos esticar os braços neste elevado dossel, neste imenso bosque. Não ouço nada. Aquilo é apenas o murmúrio das ondas no ar. Aquilo é um pombo-torcaz deixando seu esconderijo na copa das faias. O pombo fere o ar; o pombo fere o ar, fugaz."

"Agora você esmorece", disse Susan, "fazendo frases. Agora você sobe como a linha de um balão, cada vez mais alto, pelo meio das camadas das folhas, fora de alcance. Agora você se atrasa. Agora você se agarra à minha saia, olhando para trás, fazendo frases. Você me largou. Aqui está o jardim. Aqui está a sebe. Aqui está Rhoda na trilha balançando pétalas para cá e para lá em sua bacia marrom."

"Todos os meus navios são brancos", disse Rhoda. "Não quero pétalas vermelhas de malva ou gerânio. Quero pétalas brancas que flutuem quando inclino a bacia. Agora tenho uma frota navegando de praia em praia. Vou jogar um graveto na água para servir de salva-vidas para algum marinheiro que tenha naufragado. Vou jogar uma pedra na água para ver as bolhas se erguerem das profundezas do mar. Neville foi embora e Susan foi embora; Jinny talvez esteja na horta colhendo groselhas com Louis. Tenho algum tempo a sós enquanto a srta. Hudson distribui nossos cadernos de caligrafia na mesa da sala de aula. Tenho um breve intervalo de liberdade. Peguei todas as pétalas caídas e fiz com que flutuassem. Pus gotas de chuva em algumas. Instalarei um farol aqui, um botão de flor-de-mel. E agora vou balançar a bacia marrom de um lado para o outro para que meus navios possam cavalgar as ondas. Alguns irão naufragar. Alguns irão de encontro aos rochedos. Um deles veleja solitário. É o meu navio. Ele veleja em direção a cavernas geladas nas quais o lobo-marinho ladra e as estalactites balançam correntes verdes. As ondas sobem; suas cristas se encrespam; vejam as luzes no topo dos mastros. Eles se dispersaram, eles naufragaram, todos exceto o meu navio, que cavalga a onda e dispara diante da tempestade e chega às ilhas nas quais os papagaios palreiam e os répteis..."

"Onde está Bernard?", disse Neville. "Ele está com a minha faca. Estávamos no paiol das ferramentas fazendo barcos e Susan passou pela frente da porta. E Bernard largou seu barco e foi atrás dela levando a minha faca, a faca afiada própria para entalhar a quilha. Ele é como um fio elétrico solto, um cordão de campainha rompido, sempre retinindo. É como a alga pendurada do lado de fora da janela, ora úmida, ora seca. Ele me deixa na mão; vai atrás de Susan; e se Susan chorar ele vai pegar minha faca e lhe contar histórias. A lâmina grande é um imperador; a lâmina partida é um negro. Odeio coisas oscilantes; odeio coisas meio úmidas. Odeio devanear e misturar coisas. Agora a sineta bate e vamos nos atrasar. Agora devemos largar nossos brinquedos. Agora devemos entrar juntos. Os cadernos de caligrafia estão postos um ao lado do outro na mesa forrada com feltro verde."

"Não vou conjugar o verbo", disse Louis, "antes de Bernard recitá-lo. Meu pai é banqueiro em Brisbane e falo com sotaque australiano. Vou esperar e imitar Bernard. Ele é inglês. São todos ingleses. O pai de Susan é clérigo. Rhoda não tem pai. Bernard e Neville são filhos de homens de posses. Jinny mora com a avó em Londres. Agora chupam a caneta. Agora viram o caderno e, olhando de soslaio para a srta. Hudson, contam os botões púrpuras em seu corpete. Bernard tem uma lasca no cabelo. Susan tem uma vermelhidão nos olhos. Ambos estão corados. Mas eu sou pálido; sou organizado e meus calções estão presos por um cinto com uma serpente de bronze. Sei a lição de cor. Sei mais do que eles um dia saberão. Sei meus casos e meus gêneros; poderia saber tudo no mundo se quisesse. Mas não quero me exibir recitando minha lição. Minhas raízes estão enredadas como fibras num vaso de flores, dando voltas e voltas ao redor do mundo. Não quero me exibir e viver à luz desse grande relógio de mostrador dourado que faz tique-taque, tique-taque. Jinny e Susan, Bernard e Neville se unem numa correia para me açoitar. Zombam do meu asseio, do meu sotaque australiano. Agora tentarei imitar Bernard sutilmente sibilando o latim."

"Aquelas são palavras brancas", disse Susan, "como as pedras que pegamos na praia."

"Elas sacodem o rabo para a direita e para a esquerda enquanto as pronuncio", disse Bernard. "Balançam o rabo; sacodem o rabo; movem-se pelo ar em bandos, ora para este lado, ora para aquele, movendo-se todas juntas, ora se separando, ora se juntando."

"Aquelas são palavras amarelas, aquelas são palavras rubras", disse Jinny, "gostaria de ter um vestido rubro, um vestido amarelo, um vestido fulvo para usar no fim de tarde."

"Cada tempo do verbo", disse Neville, "tem um significado diferente. Há uma ordem neste mundo; há distinções, há diferenças neste mundo sobre cuja beira eu piso. Pois isto é apenas um começo."

"Agora a srta. Hudson", disse Rhoda, "fechou o livro. Agora o terror está começando. Agora, pegando seu toco de giz ela desenha figuras, seis, sete, oito, e então uma cruz e então uma linha no quadro-negro. Qual é a resposta? Os outros olham; olham com ar de quem sabe. Louis escreve; Susan escreve; Neville escreve; Jinny escreve; até Bernard começou agora a escrever. Mas não consigo escrever. Vejo apenas figuras. Os outros estão entregando sua resposta, um por um. Agora é a minha vez. Mas não tenho nenhuma resposta. Os outros têm permissão para ir embora. Eles batem a porta. A srta. Hudson vai embora. Sou deixada sozinha em busca de uma resposta. As figuras não significam nada agora. O significado foi embora. O relógio faz tique-taque. Os dois ponteiros são caravanas marchando pelo deserto. As barras pretas no mostrador do relógio são oásis verdes. O ponteiro grande marchou à frente em busca de água. O outro tropeça penosamente por entre as pedras quentes do deserto. Morrerá no deserto. A porta da cozinha bate. Cães selvagens latem ao longe. Vejam, o laço da figura está começando a se encher de tempo; ele sustenta o mundo dentro de si. Começo a desenhar uma figura e o mundo está enlaçado nela, e eu estou fora do laço; o qual agora junto – isso – e fecho bem, e completo. O mundo está completo, e eu estou fora dele, chorando. 'Oh, me livrem de ser soprada para sempre para fora do laço do tempo!'"

"Ali está Rhoda sentada, na sala de aula", disse Louis, "olhando para o quadro-negro, enquanto nós perambulamos, pegando aqui um tanto de tomilho, arrancando ali uma folha de artemísia, enquanto Bernard conta uma história. Suas omoplatas se juntam nas costas como as asas de uma pequena borboleta. E enquanto seus olhos se fixam nas figuras de giz, sua mente se aloja naqueles círculos brancos; caminha por entre aqueles laços brancos e entra no vazio, sozinha. Elas não têm nenhum significado para ela. Ela não tem nenhuma resposta para elas. Ela não tem nenhum corpo como os outros têm. E eu, que falo com sotaque australiano, cujo pai é banqueiro em Brisbane, não tenho medo dela como tenho dos outros."

"Rastejemos agora", disse Bernard, "sob o dossel das folhas da groselheira e contemos histórias. Habitemos no submundo. Tomemos posse de nosso território secreto, que é iluminado por groselhas pendentes feito candelabros, brilhando rubras num lado, negras no outro. Aqui, Jinny, se nos encolhermos bem, podemos nos sentar sob o dossel das folhas da groselheira e ver os turíbulos balançarem. Este é o nosso universo. Os outros descem pelo caminho das carruagens. As saias da srta. Hudson e da srta. Curry passam velozes como apagadores de vela. Aquelas são as meias brancas de Susan. Aqueles são os bem cuidados tênis de Louis marcando firmemente o cascalho. Aqui vêm rajadas mornas de folhas podres, de vegetação putrefata. Estamos num pântano agora; numa selva malárica. Ali está um elefante, branco de tanto verme, morto por uma flechada fatal no olho. Os olhos luminosos de aves saltitantes – águias, abutres – estão à vista. Elas nos tomam por árvores caídas. Elas bicam uma víbora – é uma cobra-de-capelo – deixando-a com uma cicatriz putrefata, à espera de ser estraçalhada por leões. Este é o nosso mundo, iluminado por meias-luas e estrelas de luz; e pétalas grandes meio transparentes obstruem, como janelas púrpuras, as clareiras. Tudo é estranho. As coisas são imensas e minúsculas. Os caules das flores são grossos como carvalhos. As folhas são altas como as cúpulas de enormes catedrais. Somos gigantes, aqui deitados, que podem fazer as florestas estremecerem."

"Isto é aqui", disse Jinny, "isto é agora. Mas logo vamos partir. Logo a srta. Curry fará soar seu apito. Vamos nos pôr a caminho. Vamos nos separar. Você irá para o colégio. Você terá mestres de gravata branca portando uma cruz. Eu terei uma mestra, numa escola da costa leste, que se senta sob um retrato da rainha Alexandra. É para aí que eu vou, e Susan e Rhoda. Isto é apenas aqui; isto é apenas agora. Agora estamos deitados sob as groselheiras e sempre que a brisa sopra ficamos inteiramente cobertos de pintinhas. Minha mão é como o couro de uma serpente. Meus joelhos são ilhas flutuantes cor-de-rosa. Seu rosto é como uma macieira com uma tela de proteção em volta do pé."

"O calor", disse Bernard, "está deixando a selva. As folhas batem asas negras sobre nós. A srta. Curry soprou o apito no terraço. Temos que sair agachados do toldo das folhas de groselheira e ficar de pé. Há gravetos em seu cabelo, Jinny. Há uma lagarta verde no seu pescoço. Temos que ficar em fila, dois a dois. A srta. Curry está nos levando para uma rápida caminhada, enquanto a srta. Hudson, sentada à sua escrivaninha, põe suas contas em dia."

"É entediante", disse Jinny, "caminhar ao longo da estrada sem nenhuma janela para se ver, sem nenhum daqueles olhos turvos de vidro azul incrustados na calçada."

"Devemos ficar em fila aos pares", disse Susan, "e caminhar em ordem, sem arrastar os pés, sem ficar para trás, com Louis indo à frente nos conduzindo, porque Louis é atento e não vive nas nuvens."

"Como se supõe", disse Neville, "que eu seja frágil demais para ir junto com eles, como fico muito facilmente cansado e, além disso, estou doente, aproveitarei este momento de solitude, esta suspensão da conversa, para vagar pelos arredores da casa e recuperar, se puder, ao me pôr na mesma escada a meio caminho do patamar, o que senti quando ouvi pela porta de vaivém falarem sobre o homem morto na última noite quando a cozinheira estava abrindo e fechando os registros da chaminé. Ele foi encontrado com a garganta cortada. As folhas da macieira grudavam-se no céu; a lua ofuscava; eu não conseguia levantar o pé da escada. Ele foi encontrado na sarjeta. Seu sangue borbotava sarjeta abaixo. Suas bochechas estavam lívidas feito bacalhau morto. Vou para sempre chamar essa constrição, essa rigidez de 'morte no meio das macieiras'. Havia as nuvens flutuantes de um cinza pálido; e a inexorável árvore; a implacável árvore com sua casca prateada feito caneleira de armadura. A fluidez de minha vida em nada ajudava. Eu não conseguia passar. Havia um obstáculo. 'Não consigo transpor esse ininteligível obstáculo', disse eu. E os outros passaram. Mas estamos condenados, todos nós, pelas macieiras, pela inexorável árvore que não conseguimos transpor.

"Agora a constrição e a rigidez terminaram; e continuarei a fazer a vistoria dos arredores da casa no final da tarde, ao pôr do sol, quando o sol faz borrões oleaginosos no linóleo e uma greta de luz se ajoelha na parede, fazendo as pernas das cadeiras parecerem quebradas."

"Vi Florrie na horta", disse Susan, "quando voltávamos de nosso passeio, com a roupa lavada toda enfunada à sua volta, os pijamas, as ceroulas, as camisolas, tudo bem enfunado. E Ernest a beijou. Ele estava em seu avental verde de feltro, polindo prata; e sua boca estava chupada como uma bolsa com pregas e ele a agarrou com os pijamas bem enfunados entre eles. Ele estava cego como um touro, e ela desmaiou de raiva, com apenas umas veiazinhas estriando de vermelho suas pálidas bochechas. Agora, embora eles sirvam bandejas de pão com manteiga e xícaras de leite na hora do chá, eu vejo uma fenda na terra e um vapor quente que se ergue silvando; e o samovar ruge como Ernest rugiu, e eu fico bem enfunada como os pijamas, até mesmo quando meus dentes encontram o pão macio com manteiga e lambo o leite doce. Não temo o calor nem o gélido inverno. Rhoda sonha, sugando uma crosta ensopada de leite; Louis examina a parede à sua frente com olhos verdes-caracol; Bernard faz pelotas com o seu pão e as chama de 'pessoas'. Neville, com seus modos limpos e decididos, já terminou. Enrolou seu guardanapo, enfiando-o na argola de prata. Jinny rodopia os dedos em cima da toalha de mesa, como se eles estivessem dançando à luz do sol, fazendo piruetas. Mas não temo o calor nem o gélido inverno."

"Agora", disse Louis, "nos levantamos todos; ficamos todos de pé. A srta. Curry abre o livro preto sobre o harmônio. É difícil não chorar ao cantarmos, ao rogarmos que Deus nos guarde enquanto dormimos, chamando a nós mesmos de criancinhas. Quando estamos tristes e trememos de apreensão é bom cantarmos juntos, levemente inclinados, eu para o lado de Susan, Susan para o de Bernard, de mãos dadas, temerosos de tanta coisa, eu de meu sotaque, Rhoda das figuras; embora decididos a vencer."

"Corremos juntos escada acima como pôneis", disse Bernard, "batendo os pés, fazendo barulho, um atrás do outro, esperando nossa vez no banheiro. Esbofeteamo-nos, brigamos, damos saltos nas duras camas brancas. Chegou a minha vez. Eu vou agora.

"A srta. Constable, envolvida numa toalha de banho, pega sua esponja cor-de-limão e a mergulha na água; ela fica marrom-chocolate; ela goteja; e, segurando-a alto acima de mim, eu tremendo embaixo, ela a espreme. A água jorra pelo córrego de minha espinha. Radiantes flechas de sensação disparam num lado e no outro. Estou coberto por uma carne morna. Minhas fissuras secas ficam úmidas; meu corpo frio se aquece; ele está molhado e cintilante. A água desce e me envolve como uma enguia. Agora toalhas quentes me envelopam e sua aspereza, quando esfrego minhas costas, faz meu sangue ronronar. Ricas e fortes sensações se formam no teto de minha mente; o dia despenca aos borbotões – os bosques; e Elvedon; Susan e o pombo. Jorrando pelas paredes de minha mente, correndo junto, o dia cai copioso, resplandecente. Agora amarro o pijama frouxamente à minha volta, e deito-me embaixo deste lençol fino à deriva na luz baixa que é como uma película de água estirada sobre meus olhos por uma onda. Ouço através dela, longe, muito longe, débil e distante, o coro começando; rodas; cães; homens gritando; sinos de igreja; o coro começando."

"Enquanto dobro minha saia e minha blusa", disse Rhoda, "suspendo meu impossível desejo de ser Susan, de ser Jinny. Mas vou esticar os dedos do pé de modo que eles toquem a barra do pé da cama; vou me assegurar, ao tocar a barra da cama, de que haja algo firme. Agora não consigo afundar; agora não consigo deixar-me cair de todo através do lençol fino. Agora estendo meu corpo neste colchão frágil e fico suspensa no ar. Estou acima da terra agora. Não estou mais ereta, para ser derrubada e machucada. Tudo está flexível, e se encurvando. As paredes e os armários embranquecem e encurvam seus quadrados amarelos em cima dos quais um pálido espelho cintila. Agora fora de mim minha mente consegue jorrar. Consigo pensar nas minhas armadas velejando sobre as ondas altas. Estou desobrigada dos contatos difíceis e das colisões. Velejo sozinha sob penhascos brancos. Oh, mas afundo, deixo-me cair! Aquilo é a quina do armário; aquilo é o espelho do dormitório das crianças. Mas eles se esticam, se alongam. Afundo nas negras plumas do sono; suas espessas asas pressionam os meus olhos. Passando pelo meio da escuridão vejo os canteiros estendidos, e a srta. Constable sai correndo de trás do canto do capim-dos-pampas para dizer que minha tia veio me buscar numa carruagem. Subo; fujo; ergo-me em botas com salto de mola por sobre as copas das árvores. Mas agora caí dentro da carruagem à porta da entrada, onde ela está sentada abanando plumas amarelas com olhos duros como bolinhas de gude. Oh, despertar do sonho! Olhem, eis ali a cômoda. Deixem-me tirar-me dessas águas. Mas elas se acumulam sobre mim; elas me arrastam entre seus enormes ombros; sou virada; sou derrubada; sou esticada, entre essas longas luzes, essas longas ondas, essas intermináveis sendas, com pessoas perseguindo, perseguindo."

O sol se levantava. Ondas azuis, ondas verdes estendiam um leque agitado sobre a praia, rodeando o espigão do cardo-marinho e deixando poças rasas de luz aqui e ali. Uma tênue fímbria negra era o rastro que deixavam à sua passagem. As rochas antes nebulosas e macias tinham endurecido e estavam marcadas de fendas rubras.

Faixas definidas de sombra se estendiam sobre a grama, e o orvalho, dançando no topo das flores e das folhas, fazia o jardim parecer um mosaico de centelhas individuais ainda não formadas num todo. Os pássaros, com o peito sarapintado de amarelo-canário e cor-de-rosa, agora entoavam juntos um acorde ou dois, loucamente, como patinadores foliando de braços dados, e de repente se calavam, separando-se.

O sol assentava lâminas mais largas sobre a casa. A luz tocava alguma coisa verde no canto da janela e fazia dela uma bolota de esmeralda, uma caverna de puro verde, como uma fruta sem caroço. Aguçava as quinas das cadeiras e das mesas e bordava as toalhas brancas com finos fios de ouro. À medida que a luz aumentava, um botão aqui e outro ali explodia e desvelava flores, nervuradas de verde e vibrando, como se o esforço para se abrirem as tivesse feito tremular, e repicando um débil carrilhão ao baterem seu frágil badalo contra suas paredes brancas. Tudo se tornava suavemente amorfo, como se a porcelana do prato fluísse e o aço da faca fosse líquido. Entrementes, o ímpeto das ondas quebrando se abatia com ruídos surdos, feito toras caindo, sobre a praia.

"Agora", disse Bernard, "chegou a hora. Chegou o dia. O carro de aluguel está à porta. Meu enorme baú encurva ainda mais as pernas arqueadas de George. A horrível cerimônia acabou, as recomendações e as despedidas no vestíbulo. Agora há esta cerimônia de nós na garganta com minha mãe, esta cerimônia de apertos de mão com meu pai; agora devo continuar abanando, devo continuar abanando até virarmos a esquina. Agora aquela cerimônia acabou. Os céus sejam louvados, todas as cerimônias acabaram. Estou só; estou indo para o colégio pela primeira vez.

"Todo mundo parece estar fazendo coisas para este instante apenas; e nunca mais. Nunca mais. A urgência de tudo isso é apavorante. Todo mundo sabe que estou indo para o colégio, indo para o colégio pela primeira vez. 'Esse garoto está indo para o colégio pela primeira vez', diz a criada, limpando os degraus. Não devo chorar. Devo olhar para eles com indiferença. Agora os horríveis portões da estação se escancaram; 'o relógio com cara de lua me observa'. Devo fazer frases e frases e assim interpor algo duro entre mim e o olhar insistente das criadas, o olhar insistente dos relógios, os rostos insistentes, os rostos indiferentes, ou irei chorar. Ali está Louis, ali está Neville, os dois de casaco comprido, carregando bolsas, em frente à bilheteria. Estão calmos. Mas parecem diferentes."

"Aqui está Bernard", disse Louis. "Está calmo; está à vontade. Balança a bolsa enquanto caminha. Seguirei Bernard, porque ele não tem medo. Somos arrastados da bilheteria até a plataforma feito uma correnteza que arrasta gravetos e palhas em volta dos pilares de uma ponte. Ali está a poderosíssima locomotiva verde-garrafa, sem pescoço, toda lombo e coxas, soltando vapor. O guarda sopra o apito; a bandeirola é baixada; sem nenhum esforço, por seu próprio ímpeto, como uma avalanche provocada por um leve empurrão, nós arrancamos. Bernard estende uma manta e brinca com o jogo dos ossinhos. Neville lê. Londres se esfarela. Londres palpita e ondula. Há um eriçar de torres e chaminés. Ali uma igreja branca; ali um mastro por entre as agulhas. Ali um canal. Agora há espaços abertos com trilhas asfaltadas pelas quais, estranhamente, agora pessoas caminham. Ali está uma colina raiada de casas vermelhas. Um homem cruza uma ponte com um cão nos seus calcanhares. Agora o garoto vermelho começa a atirar num faisão. O garoto azul o empurra para o lado. 'Meu tio é o melhor atirador da Inglaterra. Meu primo é o Líder da Caça à Raposa.' A gabolice começa. E eu não posso me gabar, pois meu pai é banqueiro em Brisbane e eu falo com sotaque australiano."

"Depois de todo esse rebuliço", disse Neville, "de todo esse alvoroço e rebuliço, chegamos. Este é de fato um instante – este é de fato um instante solene. Chego como um lorde a seus domínios designado. Aquele é nosso fundador; nosso ilustre fundador, parado no pátio com um pé erguido. Saúdo nosso fundador. Um nobre ar romano paira sobre esses pátios austeros. As luzes já estão acesas nas salas de aula. Aqueles são os laboratórios talvez; e aquilo uma biblioteca, onde irei explorar a exatidão da língua latina e pisar firmemente sobre frases bem assentadas e recitar os explícitos, sonoros hexâmetros de Virgílio, de Lucrécio; e cantar com uma paixão que nunca é obscura ou informe os amores de Catulo, lendo de um enorme livro, um in-quarto com margens. Também vou me deitar nos campos no meio das gramas titilantes. Vou me deitar com meus amigos embaixo dos olmos altaneiros.

"Olhem, é o diretor. Pena que ele provoque o meu escárnio. Ele é lustroso demais, ele é todo brilhoso e negro, como uma estátua num parque. E do lado direito do colete, do colete esticado como couro de tambor, pende um crucifixo."

"O velho Crane", disse Bernard, "agora se levanta para nos dirigir a palavra. O velho Crane, o diretor, tem um nariz como uma montanha ao pôr do sol e uma covinha azul no queixo, como uma ravina arborizada à qual algum viandante ateou fogo; como uma ravina arborizada vista da janela do trem. Ele oscila levemente, pronunciando suas portentosas e sonoras palavras. Adoro palavras portentosas e sonoras. Mas suas palavras são demasiadamente cordiais para serem verdadeiras. Entretanto ele está a esta altura convencido de sua verdade. E quando sai da sala, balançando muito fortemente de um lado para o outro, e se lança pelas portas de vaivém, todos os mestres, balançando muito fortemente de um lado para o outro, também se lançam pelas portas de vaivém. Esta é nossa primeira noite no colégio, separados de nossas irmãs."

"Esta é minha primeira noite no colégio", disse Susan, "longe de meu pai, longe de minha casa. Meus olhos estão inchados; meus olhos estão à beira das lágrimas. Odeio o cheiro do pinho e do linóleo. Odeio os arbustos desfigurados pelo vento e os ladrilhos sanitários. Odeio os gracejos espirituosos e o olhar vidrado de todo mundo. Deixei meu esquilo e minhas pombas aos cuidados do cavalariço. A porta da cozinha bate e o chumbo pipoca no meio das folhas quando Percy atira nas gralhas. Tudo aqui é falso; tudo é meretrício. Rhoda e Jinny estão sentadas longe em sarja marrom, e olham para a srta. Lambert que está sentada sob um retrato da rainha Alexandra lendo um livro aberto à sua frente. Há também um panô azul com um bordado feito por alguma antiga aluna. Se não comprimir os lábios, se não torcer meu lenço, vou chorar."

"A luz púrpura", disse Rhoda, "do anel da srta. Lambert passa de um lado para o outro por cima da mancha negra na página branca do Livro de Orações. É uma luz vinosa, amorosa.

Agora que nossos baús estão desfeitos nos dormitórios, nós nos sentamos reunidas embaixo de mapas do mundo inteiro. Há carteiras com tinteiros. Vamos fazer nossos exercícios a tinta aqui. Mas aqui não sou ninguém. Não tenho rosto. Esta grande companhia, toda vestida em sarja marrom, tirou-me a identidade. Somos todas rígidas, sem amigas. Descobrirei um rosto, um rosto sereno, monumental, e o dotarei de onisciência, e o levarei sob o vestido como um talismã e então (prometo-o) encontrarei algum esconderijo num bosque onde eu possa expor meu sortimento de tesouros curiosos. Prometo-o a mim mesma. Assim não vou chorar."

"Aquela mulher morena", disse Jinny, "com as maçãs do rosto salientes, tem um vestido brilhante como uma concha, raiado, para vestir à noite. É perfeito para o verão, mas para o inverno prefiro um vestido delicado, entremeado com fios vermelhos que cintilem à luz da lareira. Então quando as lâmpadas fossem acesas, poria meu vestido vermelho e ele seria delicado como um véu, e se enroscaria em volta de meu corpo, e se ergueria em ondas quando eu entrasse na sala, fazendo uma pirueta. Ele tomaria a forma de uma flor quando eu me deixasse cair, no meio da sala, numa cadeira dourada. Mas a srta. Lambert veste um vestido opaco, que cai em cascata do folho branco como neve quando ela se senta sob um retrato da rainha Alexandra pressionando firmemente um dedo branco sobre a página. E nós rezamos."

"Agora marchamos, dois a dois", disse Louis, "ordenadamente, em procissão, até a capela. Gosto da penumbra que baixa ao entrarmos na casa sagrada. Gosto da progressão ordenada. Entramos em fila; sentamo-nos. Despojamo-nos de nossas distinções quando entramos. Gosto agora, quando, vacilando levemente, mas apenas em razão de seu próprio impulso, o dr. Crane sobe ao púlpito e lê uma passagem de uma bíblia aberta em cima do dorso da águia de bronze. Regozijo-me; meu coração se expande na estatura, na autoridade dele. Ele faz baixar o torvelinho das nuvens de poeira em minha trêmula, em minha ignominiosamente inquieta alma – como quando dançamos em volta da árvore de Natal e na entrega dos embrulhos se esqueceram de mim, e a mulher gorda disse: 'Este menininho não ganhou nenhum presente', e me deu uma lustrosa bandeira do Reino Unido, tirada de cima da árvore, e chorei furiosamente – para poder ser lembrado com piedade. Agora está tudo resolvido pela autoridade dele, por seu crucifixo, e sinto invadir-me a sensação da terra sob mim, e minhas raízes se afundarem mais e mais até se enredarem em torno de alguma rigidez no centro. Recobro minha continuidade enquanto ele lê. Torno-me uma figura da procissão, um raio da imensa roda que, girando, por fim me eleva, aqui e agora. Estive na escuridão; estive escondido; mas quando a roda gira (enquanto ele lê) ergo-me até essa luz bruxuleante na qual percebo apenas, mas mal e mal, meninos ajoelhados, colunas e placas de bronze comemorativas. Não há nenhuma crueza aqui, nenhum beijo súbito."

"O bruto quando ora", disse Neville, "ameaça minha liberdade. Sem o calor da imaginação, suas palavras caem frias como paralelepípedos sobre minha cabeça, enquanto a cruz dourada agita-se em seu colete. As palavras de autoridade são corrompidas pelos que as pronunciam. Zombo e escarneço dessa triste religião, dessas tremulantes, tristonhas figuras descendo, cadavéricas e laceradas, por uma estrada branca sombreada por figueiras na qual meninos se espalham em meio à poeira – meninos nus; e odres estufados de vinho pendem da porta da taberna. Estive em Roma na Páscoa viajando com meu pai; e a tremulante figura da mãe de Cristo era carregada sacolejando a cabeça pelas ruas; ali ia também a sofrida figura de Cristo numa caixa de vidro.

"Agora vou me virar de lado como se estivesse coçando a coxa. Assim verei Percival. Ali ele se senta, aprumado no meio da arraia-miúda. Ele respira um tanto pesadamente por seu nariz retilíneo. Seus olhos azuis e estranhamente inexpressivos estão fixados com indiferença pagã na coluna à sua frente. Ele daria um admirável ecônomo eclesiástico. Ele carregaria uma vara de vidoeiro e castigaria os menininhos por mau comportamento. Ele está ligado às frases latinas das placas de bronze comemorativas. Ele nada vê; ele nada ouve. Está distante de todos nós num universo pagão. Mas olhem – ele dá uma palmadinha na nuca. É por gestos como este que a gente se apaixona irremediavelmente por toda a vida. Dalton, Jones, Edgar e Bateman tentam dar uma palmadinha igual na nuca. Mas não conseguem."

"Finalmente", disse Bernard, "o grunhido cessa. O sermão termina. Ele reduziu a pó a dança das borboletas brancas diante da porta. Sua áspera e hirsuta voz é como um queixo não barbeado. Agora ele volta ao seu assento gingando como um marinheiro ébrio. É uma ação que todos os outros mestres tentarão imitar; mas, como são fracos, como são frouxos, como vestem calças cinza, só conseguirão se expor ao ridículo. Não os desprezo. Suas palhaçadas parecem deploráveis aos meus olhos. Registro o fato para consulta futura, juntamente com muitos outros, na minha caderneta. Quando crescer vou andar com uma caderneta – uma caderneta grossa com muitas páginas, em metódica ordem alfabética. Registrarei minhas frases. Na letra B terá 'Pó de borboleta'. Se, em meu romance, for descrever o sol sobre o parapeito da janela, procurarei na letra B e encontrarei pó de borboleta. Isso será útil. A árvore 'sombreia a janela com dedos verdes'. Isso será útil. Mas ai de mim! Logo me distraio – por uma mecha de cabelo que parece pirulito torcido, pelo Livro de Orações de Celia, com sua capa em marfim. Louis consegue ficar olhando a natureza, por horas, sem piscar. Eu logo fracasso, a menos que me dirijam a palavra. 'O lago de minha mente, não perturbado por remos, ondula sereno e logo cai numa oleosa sonolência.' Isso será útil."

"Agora saímos deste templo gelado e vamos para os campos de jogo amarelados", disse Louis. "E como é meio-feriado (o aniversário do Duque) nós nos acomodamos no meio das gramas altas, enquanto eles jogam críquete. Pudesse eu ser 'eles' me decidiria por isso; afivelaria minhas caneleiras e numa passada entraria no campo de jogo à frente dos batedores. Vejam agora como todo mundo vai atrás de Percival. Ele é pesado. Ele desce desajeitadamente o campo, passando pela grama alta, indo em direção ao local em que se erguem os grandes olmos. Sua magnificência é a de um comandante medieval. À sua passagem um rastro de luz parece estender-se na grama. Olhem para nós, seus fiéis servos, marchando em bloco atrás dele, para sermos abatidos como carneiros, pois ele certamente tomará alguma iniciativa desesperada e morrerá em batalha. Meu coração se torna áspero; e me desgasta o flanco como uma lima de duas faces; uma, por adorar sua magnificência; a outra, por desprezar sua pronúncia descuidada – eu, que sou tão superior a ele – e sentir inveja."

"E agora", disse Neville, "deixem Bernard começar. Deixem-no tagarelar, contando-nos histórias, enquanto nos recostamos. Deixem-no descrever o que todos nós vimos de modo que se torne uma sequência. Bernard diz que sempre há uma história. Eu sou uma história. Louis é uma história. Há a história do engraxate, a história do homem de um olho só, a história da mulher que vende caramujos. Deixem-no tagarelar com sua história enquanto eu me recosto e contemplo por entre a grama tremulante os vultos dos batedores com as pernas rígidas em suas caneleiras. É como se o mundo inteiro estivesse fluindo e fazendo curvas – na terra as árvores, no céu as nuvens. Ergo os olhos, por entre as árvores, em direção ao céu. A partida parece estar sendo disputada lá em cima. Debilmente por entre as suaves, brancas nuvens ouço o grito 'Corre', ouço o grito 'Que tal essa?'. As nuvens perdem tufos de brancura à medida que a brisa as põe em desalinho. Se aquele azul pudesse durar para sempre; se aquela fresta pudesse continuar para sempre; se este momento pudesse durar para sempre –

"Mas Bernard continua falando. Elas sobem em bolhas – as imagens. 'Como um camelo', ... 'um abutre'. O camelo é um abutre; o abutre, um camelo; pois Bernard é um fio elétrico caído, solto, mas sedutor. Sim, pois quando ele fala, quando faz suas tolas comparações, uma leveza nos arrebata. Também flutuamos como se fôssemos aquela bolha; ficamos livres; escapamos, é o que sentimos. Até mesmo os menininhos rechonchudos (Dalton,

Larpent e Baker) sentem o mesmo abandono. Eles gostam mais disso que do críquete. Eles apanham as frases à medida que elas borbulham. Eles deixam a plumosa grama fazer-lhes cócegas no nariz. E então todos sentimos Percival muito presente entre nós. Sua curiosa gargalhada parece sancionar nossa risada. Mas agora ele se revira na grama alta. Ele está, creio eu, mastigando um talo entre os dentes. Ele se sente entediado; eu também me sinto entediado. Bernard logo percebe que estamos entediados. Detecto certo esforço, uma extravagância em sua frase, como se ele dissesse 'Vejam!', mas Percival diz 'Não'. Pois ele é sempre o primeiro a detectar a insinceridade; e é brutal ao extremo. A frase definha desfalecidamente. Sim, chegou o temível momento em que o poder de Bernard lhe foge e não há mais nenhuma sequência e ele afrouxa e torce um pedaço de cordão e se cala, abrindo a boca como se estivesse prestes a irromper em lágrimas. Entre as torturas e as devastações da vida há esta então – nossos amigos não são capazes de terminar suas histórias."

"Agora", disse Louis, "antes de nos levantarmos, antes de irmos para o chá, deixem-me tentar fixar o momento num esforço supremo. Isto perdurará. Estamos indo embora; alguns para o chá; alguns para o treino de críquete; eu para mostrar minha redação para o sr. Barker. Isto perdurará. A partir da discórdia, a partir do ódio (desprezo os diletantes em imagística – magoa-me muitíssimo o poder de Percival) a minha mente em ruínas é reconstituída graças a alguma súbita percepção. Convoco as árvores, as nuvens, para serem testemunhas de minha completa integração. Eu, Louis, eu, que devo palmilhar a terra nesses setenta anos, nasço inteiro, do ódio, da discórdia. Aqui neste círculo de grama sentamo-nos juntos, ligados pelo tremendo poder de alguma compulsão interior. As árvores ondulam, as nuvens passam. Aproxima-se o tempo em que estes solilóquios serão partilhados. Não iremos sempre emitir um som como um gongo percutido à medida que uma sensação golpeia e depois outra. Crianças, nossas vidas têm sido gongos martelando; clamor e gabolice; gritos de desespero; sopros sobre a nuca nos jardins.

"Agora a grama e as árvores, o ar itinerante insuflando espaços vazios no azul que eles depois retomam, sacudindo as folhas que depois se restabelecem, e aqui nosso círculo, todos sentados, com os braços enlaçando os joelhos, sugerem alguma outra ordem, e melhor, que faça sentido para sempre. Isto eu vejo por um segundo, e vou tentar esta noite fixar em palavras, forjar num anel de aço, ainda que Percival o destrua, ao andar aos tropeções, esmagando a grama, com a criançada correndo subserviente atrás dele. Contudo é de Percival que preciso; pois é Percival que inspira a poesia."

"Por quantos meses", disse Susan, "por quantos anos tenho subido correndo essas escadas, nos lúgubres dias de inverno, nos frescos dias de primavera? Agora estamos em pleno verão. Subimos ao segundo andar para pôr roupa branca para jogar tênis – Jinny e eu com Rhoda logo a seguir. Conto cada degrau ao subir, contando cada degrau como uma tarefa concluída. Assim toda noite arranco da folhinha o dia que findou e amasso bem, fazendo uma bolota. Faço isso vingativamente enquanto Betty e Clara estão ajoelhadas. Eu não rezo. Vingo-me do dia. Descarrego minha mágoa em sua imagem. Você agora está morto, eu digo, dia letivo, dia odiado. Eles tornaram todos os dias de junho – este é o vigésimo quinto – brilhantes e ordeiros, com sons de sineta, com aulas, com ordens para se lavar, se trocar, trabalhar, comer. Ouvimos missionários vindos da China. Saímos de breque ao longo do passeio asfaltado para assistir a recitais em salas de concerto. Mostram-nos galerias e pinturas.

"Lá em casa o feno ondula nos campos. Meu pai está encostado na escadinha junto à cerca, fumando. Na casa, à medida que o ar do verão sopra ao longo dos corredores vazios, uma porta bate e depois outra. Alguma pintura antiga talvez balance na parede. Uma pétala cai da rosa do jarro. As carroças da fazenda espargem as sebes com tufos de feno. Tudo isso eu vejo, eu sempre vejo, ao passar pelo espelho do patamar da escada, com

Jinny na frente e Rhoda ficando para trás. Jinny dança. Jinny sempre dança no saguão nos horríveis, encáusticos ladrilhos; ela vira estrelas no pátio de recreio; ela colhe alguma flor clandestinamente e a põe atrás da orelha de tal forma que os olhos negros da srta. Perry ardem de admiração, por Jinny, não por mim. A srta. Perry ama Jinny; e eu poderia tê-la amado, mas agora não amo ninguém, a não ser meu pai, minhas pombas e o esquilo que deixei na gaiola em casa, aos cuidados do cavalariço."

"Odeio o espelho pequeno da escadaria", disse Jinny. "Ele mostra apenas a nossa cabeça; ele separa a nossa cabeça. E meus lábios são muito grossos, e meus olhos são muito juntos; mostro demais minhas gengivas quando rio. A cabeça de Susan, com seu ar cruel, com seus olhos verde-relva que os poetas irão adorar, disse Bernard, porque eles caem sobre estreitos caseados de linha branca, obscurece a minha; até mesmo o rosto de Rhoda, perdido, vago, está completo, como aquelas pétalas brancas que ela punha a nadar em sua bacia. Pulo assim os degraus, passando à frente delas, até o próximo patamar, onde o espelho longo está pendurado e me vejo inteira. Agora vejo meu corpo e minha cabeça como uma coisa só; pois mesmo neste vestido de sarja eles são uma coisa só, meu corpo e minha cabeça. Vejam, quando mexo a cabeça faço o meu magro corpo ondular de cima a baixo; até mesmo minhas magras pernas ondulam como um talo ao vento. Tremulo entre o rosto firme de Susan e a indefinição de Rhoda; salto como uma daquelas chamas que escorrem entre as fissuras da terra; mexo-me, danço; nunca paro de me mexer e de dançar. Mexo-me como a folha que se mexia na sebe quando eu era criança e me atemorizava. Danço sobre essas estriadas, essas impessoais, deterioradas paredes com seus rodapés amarelos tal como a luz da lareira dança sobre os bules de chá. Pego fogo até mesmo dos olhos frios das mulheres. Quando leio, uma orla púrpura percorre a borda preta do livro-texto. Contudo não consigo acompanhar nenhuma palavra ao longo de suas mudanças. Não consigo acompanhar nenhum pensamento do presente até o passado. Não fico absorta, como Susan, lembrando de casa com lágrimas no olhos; nem fico, como

Rhoda, enroscada por entre as samambaias, manchando de verde minha roupa de algodão cor-de-rosa e sonhando com plantas que florescem sob o mar e com rochedos por entre os quais o peixe nada lentamente. Eu não sonho.

"Agora sejamos rápidas. Agora me deixem ser a primeira a tirar essas roupas grosseiras. Aqui estão minhas meias brancas limpas. Aqui estão meus sapatos novos. Prendo os cabelos com uma fita branca de modo que quando salto pela quadra a fita esvoaça num relâmpago, mas se enrola em volta de meu pescoço, perfeitamente em seu lugar. Nenhum fio de cabelo pode estar em desalinho."

"Aquilo é o meu rosto", disse Rhoda, "no espelho por detrás dos ombros de Susan – aquele rosto é o meu rosto. Mas vou me abaixar atrás dela para escondê-lo, pois não estou aqui. Não tenho rosto nenhum. As outras pessoas têm rosto; Susan e Jinny têm rosto; elas estão aqui. Seu mundo é o mundo real. As coisas que elas erguem são pesadas. Elas dizem Sim, elas dizem Não; enquanto eu me transformo e me modifico e me torno transparente num segundo. Se encontram uma criada, ela olha para elas sem rir. Mas ela ri de mim. Sabem o que dizer se alguém lhes dirige a palavra. Elas realmente dão risadas; elas realmente se aborrecem; enquanto eu primeiro tenho que olhar o que as outras pessoas fazem e depois fazer como elas.

"Vejam agora com que segurança extraordinária Jinny calça suas meias simplesmente para jogar tênis. Isso eu admiro. Mas gosto mais do jeito de Susan, pois ela é mais decidida e menos ávida por distinção do que Jinny. Ambas me desprezam por copiar o que elas fazem; mas Susan às vezes me ensina, por exemplo, como fazer um laço, enquanto Jinny tem sua própria ciência, mas a guarda para si. Elas têm amigas com as quais se divertir. Elas têm coisas para contar às escondidas nos cantos. Mas eu me ligo apenas a nomes e rostos; e os acumulo como amuletos contra o desastre. Escolho algum rosto desconhecido do outro lado do refeitório e mal posso tomar meu chá quando ela, cujo nome não sei, se senta à minha frente. O ar me falta.

Sou jogada de um lado para o outro pela violência de minha emoção. Imagino essas pessoas sem nome, imaculadas, me observando por detrás dos arbustos. Dou saltos altos para provocar seu assombro. À noite, na cama, provoco sua total admiração. Com frequência morro trespassada por flechas para arrancar suas lágrimas. Se me dizem, ou se percebo pelo rótulo em seus baús, que elas estiveram em Scarborough nas últimas férias, a cidade inteira fica dourada, o calçamento inteiro se ilumina. Portanto odeio espelhos que mostrem meu rosto verdadeiro. Sozinha, com frequência caio dentro do nada. Tenho que firmar meu pé furtivamente para não cair da beira do mundo dentro do nada. Tenho que dar uma pancada com a mão nalguma porta dura para me trazer de volta ao corpo."

"Estamos atrasadas", disse Susan. "Devemos esperar nossa vez de jogar. Vamos nos acomodar aqui na grama alta e fazer de conta que assistimos Jinny e Clara, Betty e Mavis. Mas não vamos assisti-las. Odeio assistir outras pessoas jogando. Vou fazer imagens de todas as coisas que mais odeio e enterrá-las. Este seixo brilhante é Madame Carlo, e vou enterrá-la bem fundo por causa de seus modos servis e obsequiosos, por causa da moeda de seis pênis que ela me deu por manter os nós dos dedos esticados ao praticar minhas escalas. Enterrei seus seis pênis. Enterraria a escola inteira: o ginásio de esportes; a sala de aula; o refeitório que cheira sempre a carne; e a capela. Enterraria os ladrilhos marrom-avermelhados e os retratos a óleo de homens velhos – benfeitores, fundadores de colégios. Há algumas árvores de que gosto; a cerejeira com pelotas de goma cristalina na casca; e uma vista do sótão de algumas colinas distantes. Fora isso, eu enterraria tudo, tal como enterro essas pedras horríveis que estão sempre espalhadas por esta costa salgada, com seus molhes e seus turistas. Onde moramos, as ondas têm mais de um quilômetro e meio. Nas noites de inverno ouvimos seu estrondo. No último Natal um homem se afogou sentado sozinho em sua carroça."

"Quando a srta. Lambert passa", disse Rhoda, "falando com o clérigo, as outras riem e imitam-lhe a corcova pelas costas; mas tudo se transforma e se torna luminoso. Jinny também salta mais alto quando a srta. Lambert passa. Suponham que ela veja aquela margarida; ela se transformaria. Aonde quer que ela vá, as coisas se transformam diante de seus olhos; e, contudo, quando ela vai embora a coisa não volta a ser a mesma? A srta. Lambert está levando o clérigo, passando pelo postigo, ao seu jardim particular; e quando chega ao laguinho, ela vê um sapo em cima de uma folha, e aquilo se transformará. Tudo é solene, tudo é pálido no lugar em que ela está, como uma estátua num bosque. Ela deixa cair seu manto de seda enfeitado com borlas, e apenas seu anel púrpura ainda reluz, seu vinoso, ametístico anel. Há esse mistério em torno das pessoas quando elas nos deixam. Quando elas nos deixam posso acompanhá-las até o laguinho e torná-las majestosas. Quando a srta. Lambert passa, ela faz a margarida se transformar; e tudo escorre como raios de fogo quando ela trincha a carne. Mês a mês as coisas vão perdendo sua dureza; até mesmo meu corpo deixa-se agora atravessar pela luz; minha espinha é macia como cera perto da chama da vela. Sonho; sonho."

"Ganhei a partida", disse Jinny. "Agora é com vocês. Vou me atirar no chão e recuperar o fôlego. Fiquei sem fôlego com a corrida, com o triunfo. Tudo em meu corpo parece rareado, com a corrida e o triunfo. Meu sangue deve estar vermelho vivo, latejando, batendo contra as costelas. As solas dos pés formigam, como se argolas de arame se abrissem e se fechassem em seu interior. Vejo cada folha de grama muito claramente. Mas a pulsação tamborila tanto na minha testa, por detrás dos olhos, que tudo dança – a rede, a grama; os rostos de vocês saltam como borboletas; as árvores parecem pular para cima e para baixo. Não há nada estável, nada estabelecido, neste universo. Tudo está ondulando, tudo está dançando; tudo é velocidade e triunfo. Assim que me estendo sozinha no chão duro, vendo a partida de vocês, começo a sentir o desejo de ser escolhida; de ser convocada, de ser requisitada por uma determinada pessoa que vem me procurar, que é atraída por mim, que não consegue ficar longe de mim, e vem para o lugar onde estou sentada em minha cadeira dourada, com minha saia erguendo-se ondulante à minha volta como uma flor. E recolhendo-nos a uma alcova, sentados a sós numa varanda, nós conversamos.

"Agora a maré baixa. Agora as árvores alcançam a terra; as bruscas ondas que batem contra minhas costelas balançam mais suavemente, e meu coração ancora, como um veleiro cujas velas deslizam devagarinho sobre o convés branco. A partida acabou. Agora temos que ir tomar chá."

"Os garotos gabolas", disse Louis, "foram agora, num grupo enorme, jogar críquete. Saíram em seu grande breque cantando em coro. Todas as cabeças se viraram ao mesmo tempo na esquina perto do bosque de loureiros. Agora estão se gabando. O irmão de Larpent jogou futebol por Oxford; o pai de Smith atingiu cem pontos no campo de críquete do Lords. Archie e Hugh; Parker e Dalton; Larpent e Smith; depois novamente Archie e Hugh; Parker e Dalton; Larpent e Smith – os nomes se repetem; os nomes são sempre os mesmos. Eles são os voluntários; são os jogadores de críquete; são os diretores da Sociedade de História Natural. Estão sempre se pondo em fila em grupos de quatro e marchando em tropas com insígnias no boné; fazem continência ao mesmo tempo ao passarem pela pessoa de seu general. Quão majestosa é a sua ordem, quão bela é a sua obediência! Se pudesse ir atrás, se pudesse estar com eles, eu sacrificaria tudo que conheço. Mas também deixam as borboletas tremendo após terem arrancado suas asas; jogam nas esquinas lenços sujos enrolados, manchados de sangue. Fazem menininhos soluçar em vielas escuras. Têm orelhas grandes e vermelhas que saltam de seus bonés. Contudo isso é o que desejamos ser, Neville e eu. É com inveja que vejo partirem. É com deleite que, espiando por detrás de uma cortina, registro a simultaneidade de seus movimentos. Se minhas pernas fossem reforçadas pelas deles, como elas correriam! Se tivesse estado com eles e vencido partidas e remado em grandes corridas e galopado o dia todo, como eu trovejaria canções à meia-noite! Quão torrencialmente as palavras jorrariam de minha garganta!"

"Percival agora se foi", disse Neville. "Ele não pensa em mais nada além da partida. Ele nunca abanou a mão enquanto o breque virava a esquina perto do bosque de loureiros. Ele me despreza por ser fraco demais para jogar (contudo ele é sempre amável no que toca à minha fraqueza). Ele me despreza por não me importar se eles ganham ou perdem, só que ele se importa. Ele acolhe minha devoção; ele aceita minha trêmula, e sem dúvida abjeta, oferenda, na verdade misturada com desprezo por sua mente. Pois ele não consegue ler. Contudo quando leio Shakespeare ou Catulo, deitado na grama alta, ele compreende mais que Louis. Não as palavras – mas o que são as palavras? Já não sei eu como rimar, como imitar Pope, Dryden e até mesmo Shakespeare? Mas não consigo ficar o dia todo ao sol com os olhos fixados na bola; não consigo sentir o voo da bola pelo meio de meu corpo e pensar apenas na bola. Sou alguém que se apegará ao lado de fora das palavras por toda a minha vida. Contudo não conseguiria viver com ele nem suportar sua estupidez. Ele se tornará grosseiro e irá roncar. Ele se casará e haverá cenas de ternura ao café da manhã. Mas agora ele é jovem. Nenhum fio, nenhuma folha de papel se interpõe entre ele e o sol, entre ele e a chuva, entre ele e a lua quando ele se deita nu, jogado, encalorado, na cama. Agora, no breque em que seguem pela estrada, o rosto dele está sarapintado de vermelho e amarelo. Vai tirar o casaco e ficar com as pernas afastadas, com as mãos prontas, os olhos pregados na meta do críquete. E ele rezará: 'Senhor, nos faça vencer'; ele pensará numa única coisa, que eles devem vencer.

"Como poderia eu ir num breque com eles para jogar críquete? Apenas Bernard poderia ir com eles, mas Bernard está muito atrasado para ir com eles. Ele está sempre muito atrasado. Está impossibilitado por sua incorrigível melancolia de ir com eles. Ele para, quando lava as mãos, para dizer: 'Há uma mosca naquela teia. Devo salvar aquela mosca; devo deixar que a aranha a devore?'. Ele é assombrado por inumeráveis perplexidades, senão iria com eles jogar críquete, e se deitaria na grama, olhando o céu, e se sobressaltaria quando a bola fosse golpeada. Mas eles o perdoariam; pois ele lhes contaria uma história."

"Eles se foram rodando", disse Bernard, "e eu estou muito atrasado para ir com eles. Os terríveis menininhos, que são tão belos, que Louis e você, Neville, invejam tão profundamente, se foram, rodando com as cabeças todas voltadas para a mesma direção. Mas não percebo essas distinções profundas. Meus dedos deslizam pelo teclado sem saberem qual tecla é preta e qual é branca. Archie faz facilmente cem pontos; eu por sorte às vezes faço quinze. Mas qual é a diferença entre nós? Mas espere, Neville; deixe-me falar. As bolhas estão subindo como as bolhas prateadas do fundo de uma caçarola; imagem em cima de imagem. Não consigo me sentar para ler meu livro como Louis, com feroz tenacidade. Devo abrir o alçapão e deixar escapar essas frases encadeadas nas quais reúno o que quer que aconteça, de modo que em vez de incoerência se perceba aí um fio errante, levemente ligando uma coisa à outra. Vou lhe contar a história do doutor.

"Quando o dr. Crane passa cambaleante pela porta de vaivém depois das orações, ele está convencido, ao que parece, de sua imensa superioridade; e de fato, Neville, não podemos negar que sua partida nos deixa não apenas com uma sensação de alívio, mas também com uma sensação de algo removido, como um dente. Agora vamos segui-lo enquanto ele atravessa ofegante a porta de vaivém em direção aos seus aposentos. Vamos imaginá-lo se despindo na saleta privada em cima dos estábulos. Ele solta as ligas das meias (sejamos triviais, sejamos íntimos). Então com um gesto característico (é difícil evitar essas frases feitas, e elas são de alguma forma, no caso dele, apropriadas) ele tira as moedas de prata, ele tira as moedas de cobre dos bolsos da calça e as põe ali, e ali, em cima da penteadeira. Com ambos os braços esticados nos braços da cadeira ele reflete (é seu momento de privacidade; é aqui que devemos tentar flagrá-lo): irá ele cruzar a ponte cor-de-rosa que leva ao quarto ou não? As duas peças estão ligadas por uma ponte de luz rósea vinda da lâmpada à cabeceira da cama na qual a sra.

Crane está deitada com os cabelos soltos sobre o travesseiro lendo um livro francês de memórias. Enquanto lê, ela passa a mão com um gesto de abandono e desesperança pela testa, e suspira: 'Isso é tudo?', comparando-se com alguma duquesa francesa. Bem, diz o doutor, em dois anos vou me aposentar. Vou aparar sebes de teixo num jardim no interior da costa oeste. Um almirante é o que eu poderia ter sido; ou um juiz; não um diretor de colégio. Que forças, pergunta-se, olhando para a lareira a gás com os ombros mais erguidos do que de costume (está em mangas de camisa, não se esqueçam), me levaram a isso? Que vastas forças? pensa, entrando no ritmo de suas majestosas frases enquanto olha por sobre os ombros para a janela. É uma noite tempestuosa; os ramos dos castanheiros aram para cima e para baixo. Estrelas reluzem por entre eles. Que vastas forças do bem e do mal me trouxeram até aqui? pergunta-se, e vê com tristeza que sua cadeira fez um pequeno buraco na felpa do tapete púrpura. Ele está, pois, sentado ali, sacudindo os suspensórios. Mas histórias que seguem as pessoas até sua saleta privada são difíceis. Não consigo levar esta história adiante. Torço um pedaço de barbante; mexo em quatro ou cinco moedas no bolso da calça."

"As histórias de Bernard", disse Neville, "me divertem no princípio. Mas quando elas enfraquecem absurdamente e ele boceja, torcendo um pedaço de barbante, sinto minha própria solidão. Ele vê todo mundo com contornos borrados. Por isso não posso falar com ele sobre Percival. Não posso expor minha absurda e violenta paixão à sua compassiva complacência. Ela também daria uma 'história'. Preciso de alguém cuja mente caia como um cutelo num cepo; a quem o cume do absurdo é sublime e um cordão de sapato, adorável. A quem posso confiar a urgência de minha própria paixão? Louis é demasiado frio, demasiado universal. Não há ninguém aqui entre estes arcos cinza, e esses pombos arrulhantes, e estes jogos divertidos e esta tradição e rivalidade, tudo tão habilmente organizado para impedir que nos sintamos sós. Contudo sou ainda assaltado enquanto caminho por repentinas premonições do que está por vir.

Ontem, passando pela porta aberta que leva ao jardim privado, vi Fenwick com seu taco erguido. O vapor do samovar subia no meio do gramado. Havia fileiras de flores azuis. Então de repente desceu sobre mim o obscuro, o místico sentimento de adoração, de completude que triunfou sobre o caos. Ninguém viu minha composta e concentrada figura parada diante da porta aberta. Ninguém percebeu a necessidade que eu tinha de oferecer meu ser a um só deus; e perecer, e desaparecer. O taco dele desceu; a visão se desfez.

"Deveria eu buscar alguma árvore? Deveria eu trocar essas salas de aulas e essas bibliotecas e a larga página amarela em que leio Catulo pelos bosques e pelos campos? Deveria eu caminhar sob as faias ou perambular pela margem do rio, onde as árvores se encontram na água enlaçadas como amantes? Mas a natureza é demasiado vegetal, demasiado insípida. Ela tem apenas sublimidades e vastidões e água e folhas. Começo a ansiar pelo calor da lareira, pela intimidade e pelos braços de uma pessoa."

"Começo a ansiar", disse Louis, "pela chegada da noite. Aqui parado com a mão no painel de carvalho cheio de veios da porta do sr. Wickham, imagino-me ser amigo de Richelieu, ou o duque de St. Simon estendendo uma caixa de rapé para o rei em pessoa. É o meu privilégio. Meus ditos espirituosos 'se espalham como rastilho de pólvora pela corte'. Duquesas arrancam esmeraldas de seus brincos por admiração – mas esses foguetes sobem melhor na escuridão, no meu cubículo à noite. Agora sou apenas um garoto com sotaque colonial pressionando os nós dos dedos contra a porta de carvalho cheia de veios do sr. Wickham. O dia foi cheio de ignomínias e triunfos dissimulados por medo das risadas. Sou o melhor aluno do colégio. Mas quando a escuridão chega me desfaço deste corpo nada invejável – o nariz grande, os lábios finos, o sotaque colonial – e habito o espaço. Sou então o companheiro de Virgílio e de Platão. Sou então o último rebento de uma das grandes casas da França. Mas sou também alguém que se obrigará a abandonar esses ventosos e enluarados territórios, essas errâncias à meia noite, e confrontará portas de carvalho cheias de veios. Farei em minha vida – queiram os céus que não demore muito – alguma gigantesca fusão entre essas duas discrepâncias tão horrivelmente visíveis para mim. Eu a farei a partir de meu sofrimento. Eu baterei. Eu entrarei."

"Arranquei maio e junho inteiros", disse Susan, "e vinte dias de julho. Arranquei e fiz deles uma bola de modo que não existem mais a não ser como um peso no meu lado. Foram dias imprestáveis, como mariposas com asas enrugadas, incapazes de voar. Restam apenas oito dias. Dentro de oito dias vou saltar do trem e descer na plataforma às seis e vinte e cinco. Então minha liberdade se desfraldará e todas essas restrições que vincam e enrugam – horários e ordem e disciplina, e estar aqui e ali exatamente na hora certa – se farão em pedaços. O dia estará surgindo enquanto abro a porta da carruagem e vejo meu pai em seu velho chapéu e suas polainas. Tremerei. Irei me desmanchar em lágrimas. Então na manhã seguinte me levantarei ao raiar do dia. Sairei pela porta da cozinha. Caminharei pelo matagal. Os imensos cavalos dos cavaleiros fantasmas virão estrondosamente atrás de mim e de repente se deterão. Verei a andorinha roçar a grama. Irei me jogar num banco à margem do rio e olhar os peixes entrando e saindo da água pelo meio dos juncos. As palmas da minha mão ficarão marcadas pelos espinhos dos pinheiros. Irei desvelar e expor ali o que quer que eu tenha feito aqui; alguma coisa dura. Pois alguma coisa se desenvolveu em mim aqui, ao longo dos invernos e dos verões, nas escadarias, nos dormitórios. Não quero, como quer Jinny, ser admirada. Não quero que as pessoas, quando chego, ergam os olhos com admiração. Quero doar, ser doada, e solitude, na qual possa expandir minhas posses.

"Então voltarei pelas alamedas tremulantes por sob os arcos das folhas das nogueiras. Passarei por uma velha empurrando um carrinho de bebê cheio de gravetos; e o cão pastor. Mas não nos falaremos. Voltarei pela horta, e verei as folhas curvadas dos repolhos salpicados de orvalho, e a casa no jardim, com as janelas tapadas pelas cortinas. Irei até meu quarto no andar de cima e remexerei em minhas coisas, cuidadosamente chaveadas no guarda-roupa: minhas conchas; meus ovos; minhas ervas raras. Alimentarei minhas pombas e meu esquilo. Irei até o canil e pentearei meu spaniel. Assim gradualmente remexerei na coisa dura que cresceu aqui no meu lado. Mas aqui a sineta toca; os pés se arrastam perpetuamente."

"Odeio a escuridão e o sono e a noite", disse Jinny, "e fico deitada querendo que o dia chegue. Quero que a semana seja toda ela um dia só, sem divisões. Quando acordo cedo – e são os pássaros que me acordam – fico deitada e vejo os puxadores de bronze do armário clarearem; depois a bacia; depois o porta-toalhas. À medida que cada coisa no quarto clareia, meu coração bate mais forte. Sinto meu corpo endurecer e ficar cor-de-rosa, amarelo, marrom. Minhas mãos passam pelas minhas pernas e pelo meu corpo, sinto seus declives, sua magreza. Adoro ouvir o gongo ressoar pela casa e a agitação começar – aqui uma pancada, ali um estalido. As portas batem; a água corre. Eis aqui outro dia, eis aqui outro dia, grito, enquanto meus pés tocam o chão. Pode ser um dia danificado, um dia imperfeito. Sou muitas vezes repreendida. Sou muitas vezes desaprovada por ser preguiçosa, por dar risadas; mas ainda que a srta. Matthews se queixe de mim por ser cabeça de vento, percebo quando alguma coisa se move – um raio de sol, talvez em cima de um quadro, ou o jumento puxando a máquina de aparar grama; ou um veleiro passando por entre as folhas de louro, de modo que nunca me sinto abatida. Não consigo deixar de fazer piruetas por detrás da srta. Matthews, absorta em suas preces.

"Agora, além disso, está chegando a hora em que deixaremos o colégio e vestiremos saias longas. Usarei colares e um vestido branco sem mangas à noite. Haverá festas em salões iluminados; e um homem me escolherá e me dirá o que ele não disse a nenhuma outra pessoa. Ele gostará mais de mim do que de Susan ou Rhoda. Ele descobrirá em mim alguma qualidade, alguma coisa especial. Mas não me deixarei ligar a uma pessoa apenas. Não quero ser fixada, atada. Tremo, tremulo, como a folha na sebe, aqui sentada, balançando os pés, na beira da cama, com um novo dia prestes a irromper. Tenho cinquenta anos, tenho sessenta anos para gastar. Ainda não me apossei de meu tesouro secreto. Isto é o começo."

"Há horas e horas", disse Rhoda, "antes que eu possa apagar a luz e me deitar suspensa na minha cama acima do mundo, antes que eu possa fazer o dia tombar, antes que eu possa fazer minha árvore crescer, tremulando em verdes pavilhões sobre minha cabeça. Aqui não posso fazer com que ela cresça. Alguém faz um buraco nela. Eles fazem perguntas, eles interrompem, eles a derrubam.

"Agora irei ao banheiro e tirarei os sapatos e me lavarei; mas enquanto me lavo, enquanto inclino a cabeça sobre a bacia, deixarei que o véu da imperadora russa ondule em volta dos meus ombros. Os diamantes da coroa imperial reluzem em minha fronte. Ouço o rumor da multidão hostil ao me aproximar da sacada. Agora enxugo as mãos, vigorosamente, de modo que a senhorita cujo nome esqueço não suspeite que agito o punho em direção a uma multidão em fúria. 'Sou sua imperadora, meu povo.' Minha atitude é de desafio. Sou destemida. Eu conquisto.

"Mas esse é um sonho débil. É uma árvore de papel. A srta. Lambert o derruba com um sopro. Seu simples vulto sumindo no fim do corredor o reduz a átomos com um sopro. Não é sólido; não me dá nenhuma satisfação – este sonho de imperatriz. Ele me deixa, agora que caiu, aqui no corredor, um tanto trêmula. As coisas parecem mais pálidas. Agora irei à biblioteca tirar algum livro para ler e olhar; e ler de novo e olhar. Eis aqui um poema sobre uma sebe. Passearei ao longo dela e colherei flores, a briônia verde e o pilriteiro cor de luar, rosas selvagens e a serpentária trepadeira. Vou apertá-las na mão e espalhá-las na superfície brilhosa da escrivaninha. Sentarei à margem tremulante do rio e contemplarei os nenúfares, largos e luminosos, que iluminam o carvalho que pende sobre a sebe com raios de luar de sua própria e diluída luz. Vou colher flores; vou juntar flores numa guirlanda e amarrá-las e presenteá-las – Oh! a quem? Há alguma obstrução no fluxo de meu ser; uma corrente profunda faz pressão contra algum obstáculo; ela empurra; ela puxa; algum nó no centro opõe resistência. Oh, isto é dor, isto é agonia! Desfaleço, definho. Agora meu corpo se derrete; estou deslacrada, estou incandescente. Agora a corrente jorra num fluxo profundo, fertilizando, abrindo o fechado, forçando o bem apertado, fluindo livre. A quem devo dar tudo o que agora flui através de mim, de meu cálido, poroso corpo? Juntarei minhas flores e as presentearei – Oh! a quem?

"Os marinheiros perambulam pelo passeio, e os pares de namorados; os ônibus passam chacoalhando pela beira-mar rumo à cidade. Eu darei; distribuirei tesouros; restituirei ao mundo esta beleza. Juntarei minhas flores numa guirlanda e avançando com a mão estendida irei presenteá-las – Oh! a quem?"

"Agora recebemos", disse Louis, "pois este é o último dia do último período letivo – o último dia de Neville e Bernard e o meu – seja lá o que for que nossos mestres tinham para nos dar. A introdução foi feita; o mundo apresentado. Eles ficam, nós partimos. O grande doutor, que dentre todos os homens eu mais respeito, balançando um pouco para um e outro lado por entre as mesas e os volumes encadernados, distribuiu Horácio, Tennyson, as obras completas de Keats e Matthew Arnold, com as devidas dedicatórias. Respeito a mão que as entregou. Ele fala com total convicção. Para ele suas palavras são verdadeiras, embora não para nós. Falando fervorosamente, brandamente, na voz rouca da emoção profunda, ele nos disse que estamos prestes a partir. Aconselhou-nos a nos 'portar como homens'. (Em seus lábios, citações da Bíblia, do *The Times*, soam igualmente magníficas.) Alguns farão isto; outros aquilo. Alguns nunca voltarão a se encontrar. Neville, Bernard e eu não voltaremos a nos encontrar aqui. A vida nos separará. Mas criamos certos laços. Nossos juvenis, irresponsáveis anos acabaram. Mas forjamos certos vínculos. Acima de tudo, herdamos tradições. Estas lajes têm sido desgastadas ao longo de seiscentos anos. Nestas paredes estão inscritos os nomes de soldados, de estadistas, de alguns poetas infelizes (o meu estará entre eles). Abençoadas sejam todas as tradições, todas as salvaguardas e circunscrições! Sou muitíssimo grato a vocês, homens em togas pretas, e a vocês, mortos, por sua liderança, sua tutela; entretanto, apesar de tudo, o problema continua. As diferenças ainda não foram resolvidas. Lá fora as flores sacodem a cabeça. Vejo pássaros selvagens, e impulsos mais selvagens do que os pássaros mais selvagens disparam de meu coração selvagem. Meus olhos são selvagens; meus lábios estão cerrados. O pássaro voa; a flor dança; mas sempre ouço o obstinado estrondo das ondas; e a besta acorrentada pateia na praia. Ela pateia e pateia."

"Esta é a cerimônia final", disse Bernard. "Esta é a última de todas as nossas cerimônias. Estamos tomados por estranhos sentimentos. O guarda segurando sua bandeirola está prestes a fazer soar seu apito; no momento seguinte o trem soltando vapor está prestes a partir. Queremos dizer alguma coisa, sentir alguma coisa, absolutamente apropriada para a ocasião. Nossa mente está pronta; nossos lábios estão contraídos. E então uma abelha se insinua e zumbe à volta do buquê que Lady Hampton, a esposa do general, continua a cheirar para mostrar sua gratidão pela homenagem. E se a abelha viesse a lhe picar o nariz? Estamos todos profundamente comovidos; porém irreverentes; porém contritos; porém ansiosos para acabar com tudo de uma vez; porém relutantes em nos separar. A abelha nos distrai; seu descuidado voo parece zombar de nossa intensidade. Zumbindo ao acaso, roçando por tudo, estabeleceu-se agora no cravo. Muitos de nós não voltaremos a nos encontrar. Não voltaremos a desfrutar de certos prazeres, quando estivermos livres para ir para a cama ou ficar acordados, quando eu não tiver mais necessidade de surrupiar cotos de vela e literatura imoral. Agora a abelha zumbe em volta da cabeça do grande doutor. Larpent, John, Archie, Percival, Baker e Smith – amei-os imensamente.

Conheci apenas um garoto doido. Odiei apenas um garoto malvado. Deleito-me, em retrospecto, com meus cafés da manhã, terrivelmente embaraçosos, à mesa do diretor, com torradas e geleia. Só ele não nota a abelha. Se ela pousasse em seu nariz ele a enxotaria com um soberbo gesto. Agora ele fez sua brincadeira; agora sua voz quase falhou mas não de todo. Agora somos dispensados – Louis, Neville e eu, para sempre. Pegamos nossos livros bem lustrosos, com dedicatórias escolasticamente escritas numa caligrafia minúscula. Levantamo-nos, dispersamo-nos; a pressão foi removida. A abelha se tornou um inseto insignificante, desconsiderado, que saiu voando pela janela aberta em direção à obscuridade. Amanhã vamos embora."

"Estamos prestes a nos separar", disse Neville. "Aqui estão os baús; aqui estão os fiacres. Ali está Percival em seu chapéu-coco. Ele se esquecerá de mim. Ele deixará minhas cartas sem resposta atiradas no meio de armas e cães de caça. Vou enviar-lhe poemas e ele talvez responda com um cartão postal. Mas é por isso que o amo. Irei lhe propor um encontro – embaixo de um relógio, ao lado de algum marco; e irei esperar, e ele não virá. É por isso que o amo. Esquecido, quase inteiramente ignorante, ele desaparecerá de minha vida. E entrarei, por incrível que pareça, em outras vidas; esta é apenas uma escapada talvez, apenas um prelúdio. Sinto já, embora não consiga suportar a pomposa pantomima nem as simuladas emoções do doutor, que coisas que até agora percebemos apenas vagamente estão se aproximando. Estarei livre para entrar no jardim em que Fenwick ergue seu taco. Aqueles que me desprezaram irão reconhecer minha soberania. Mas por alguma inescrutável lei de meu ser, a soberania e a posse de poder não serão suficientes; irei sempre me enfiar atrás de cortinas em busca de alguma privacidade e irei sempre precisar de algumas palavras sussurradas a sós. Parto, pois, duvidoso, mas exultante; apreensivo por uma intolerável dor; contudo, destinado, penso, em minha aventura, a conquistar, após imenso sofrimento, destinado, certamente, a descobrir, afinal, meu desejo. Ali, pela última vez, vejo a estátua de nosso piedoso fundador com as pombas em volta de sua cabeça. Elas circularão eternamente em volta de sua cabeça, tingindo-a de branco, enquanto o órgão geme na capela. Tomo assim meu assento; e, quando tiver encontrado meu lugar no canto de nosso compartimento reservado, cobrirei os olhos com um livro para ocultar uma lágrima solitária; cobrirei meus olhos para observar; para espiar um rosto em particular. É o primeiro dia das férias de verão."

"É o primeiro dia das férias de verão", disse Susan. "Mas o dia ainda está enrolado. Não vou examiná-lo até saltar do trem e pisar na plataforma no final da tarde. Não vou me permitir nem mesmo cheirá-lo até cheirar o ar verde e frio dos campos. Mas estes não são mais os campos do colégio; estas não são as sebes do colégio; os homens destes campos estão fazendo coisas reais; eles enchem carretas com feno real; e aquelas são vacas reais, não as vacas do colégio. Mas o cheiro de fenol dos corredores e o cheiro de giz das salas de aula ainda estão em minhas narinas. O aspecto vítreo, lustroso, do assoalho de tábuas de encaixar ainda está em meus olhos. Tenho que esperar pelos campos e pelas sebes, pelas madeiras e pelos campos, e pelos cortes escarpados da ferrovia, salpicados de moitas de tojo, e pelas vagonetas nos desvios, e pelos túneis e pelos jardins suburbanos com mulheres estendendo roupas lavadas, e então por mais campos e crianças balançando-se nos portões, para escondê-lo, para enterrá-lo fundo, esse colégio que odiei.

"Não mandarei meus filhos para o colégio nem passarei em toda a minha vida uma noite em Londres. Aqui nesta imensa estação tudo ecoa e ribomba surdamente. A luz é como a luz amarela debaixo de um toldo. Jinny mora aqui. Jinny leva seu cão para passear nestas calçadas. As pessoas aqui disparam pelas ruas silenciosamente. Não olham para mais nada a não ser as vitrines. As cabeças sobem e descem todas mais ou menos na mesma altura. As ruas estão entrelaçadas por fios telegráficos. As casas são só vidro, só festões e brilho; agora só portas frontais e cortinas rendadas, só colunas e degraus brancos. Mas agora sigo meu caminho, fora de Londres de novo; os campos começam de novo; e as casas, e as mulheres estendendo roupas, e árvores e campos. Londres está agora velada, agora esvaecida, agora desfeita, agora desabada. O fenol e o pinho começam a perder o cheiro. Sinto cheiro de trigo e de nabo. Abro um embrulho de papel amarrado com uma tira de algodão branco. As cascas de ovo escorregam pelo espaço entre meus joelhos. Agora paramos numa estação atrás da outra, descarregando latões de leite. Agora as mulheres se beijam e se ajudam com as cestas. Agora vou me debruçar na janela. O ar irrompe pelo meu nariz e pela minha garganta – o ar fresco, o ar salgado embebido do cheiro dos campos de nabos. E ali está meu pai, de costas, falando com um fazendeiro. Tremo, choro. Ali está meu pai em polainas. Ali está meu pai."

"Acomodo-me em meu próprio canto em direção ao norte", disse Jinny, "neste trem expresso ensurdecedor que é entretanto tão suave que aplaina as sebes, alonga as colinas. Passamos num relâmpago pelos postos de sinalização; fazemos a terra balançar levemente de um lado para o outro. A distância se fecha num ponto, para sempre; e nós voltamos a abrir inteiramente a distância para sempre. Os postes de telégrafo surgem incessantemente; um é abatido, um outro se levanta. Agora entramos rugindo e balançando num túnel. O cavalheiro abre a janela. Vejo reflexos no vidro brilhante que forra o túnel. Vejo-o abaixar o jornal. Ele sorri diante de meu reflexo no túnel. Meu corpo instantaneamente, de moto próprio, faz surgir um babado diante de seu curioso olhar. Meu corpo tem vida própria. Agora a vidraça preta é verde de novo. Estamos fora do túnel. Ele lê o jornal. Mas intercambiamos a aprovação de nossos respectivos corpos. Há então uma grande sociedade de corpos, e o meu é apresentado; o meu entrou na sala em que estão as cadeiras douradas. Vejam – todas as janelas das *villas* e suas cortinas feito tendas brancas dançam; e nos campos de trigo os homens sentados junto às sebes com lenços azuis amarrados com um nó também estão conscientes, como eu estou consciente, do calor e do arrebatamento. Um dos homens acena quando passamos por ele. Há pérgolas e caramanchões nos jardins dessas *villas* e rapazes em mangas de camisa, trepados em escadas, aparando as roseiras. Um homem a cavalo troteia no campo. O cavalo corcoveia quando passamos. E o cavaleiro se vira para olhar para nós. Rugimos outra vez pela escuridão. E me recosto; rendo-me ao arrebatamento; penso que no fim do túnel entro numa sala toda iluminada, com cadeiras, numa das quais me afundo, admirada por muitos, meu vestido ondulando à minha volta. Mas vejam, olhando para cima, encontro os olhos de uma mulher amarga, que desconfia de meu arrebatamento. Meu corpo se fecha na cara dela, com impertinência, como uma sombrinha. Abro meu corpo, fecho meu corpo ao meu bel-prazer. A vida está começando. Tomo posse agora de meu tesouro secreto de vida."

"É o primeiro dia das férias de verão", disse Rhoda. "E agora, enquanto o trem passa por esses rochedos vermelhos, por esse mar azul, o trimestre, encerrado, adquire uma forma una atrás de mim. Vejo sua cor. Junho era branco. Vejo os campos brancos de margaridas, e brancos de vestidos; e as quadras de tênis marcadas de branco. Então havia vento e um violento trovão. Havia uma estrela vagando pelas nuvens uma noite, e eu disse para a estrela: 'Consuma-me'. Isso foi em pleno verão, depois da festa no jardim e de minha humilhação na festa no jardim. Vento e tempestade coloriam julho. Além disso, no meio, cadavérica, horrível, estendia-se a poça cinza no pátio, quando, segurando um envelope na mão, eu carregava uma mensagem. Cheguei à poça. Não conseguia atravessá-la. A identidade me fugia. Não somos nada, disse eu, e caí. Fui soprada como uma pena, fui empurrada por dentro de túneis. Então, muito cautelosamente, alcancei com o pé o outro lado. Apoiei a mão num muro de tijolo. Retornei muito penosamente, arrastando-me de volta para dentro de meu corpo por sobre o espaço cinza, cadavérico da poça. Esta é pois a vida a que estou condenada.

"Removo pois o trimestre de verão. Com choques intermitentes, súbitos como os saltos de um tigre, a vida emerge erguendo sua crista negra do mar. É a isso que estamos fixados; é a isso que estamos presos, como corpos a cavalos selvagens. E contudo temos inventado artifícios para tapar as fendas e disfarçar essas fissuras. Eis aqui o cobrador. Eis aqui dois homens; três mulheres; há um gato num cesto; eu com o cotovelo no parapeito da janela – isto é aqui e agora. Arrancamos, seguimos, através de sussurrantes campos de trigo dourado. As mulheres nos campos ficam surpresas por serem deixadas lá atrás, cavando com a enxada. O trem agora se sacode todo, toma fôlego, ofegante, subindo e descendo. Por fim estamos no topo do matagal. Apenas umas poucas ovelhas criadas soltas vivem aqui; uns poucos pôneis peludos; entretanto nós estamos providos de todo o conforto; com mesas para os nossos jornais, com apoios para os nossos copos. Chegamos carregando conosco esses utensílios ao topo do matagal. Agora estamos no cume. O silêncio se fechará atrás de nós. Se olho para trás por sobre aquela cabeça calva, já posso ver o silêncio se fechando e as sombras das nuvens perseguindo umas às outras por sobre o matagal deserto; o silêncio se fecha sobre nossa efêmera passagem. Isto, digo, é o momento presente; isto é o primeiro dia das férias de verão. Isto faz parte do monstro emergente ao qual estamos presos."

"Agora partimos", disse Louis. "Agora estou suspenso no ar sem amarras. Estamos em lugar nenhum. Estamos atravessando a Inglaterra num trem. A Inglaterra desliza pela janela, sempre mudando de colina para bosque, de rios e salgueiros para cidades novamente. E não tenho nenhum chão firme para onde ir. Bernard e Neville, Percival, Archie, Larpent e Baker vão para Oxford ou Cambridge, para Edimburgo, Roma, Paris, Berlim ou para alguma universidade americana. Eu vou incertamente, para ganhar dinheiro incertamente. Portanto uma sombra pungente, um sotaque acentuado, cai sobre estas cerdas douradas, sobre estes campos vermelho-papoula, sobre este trigo flutuante que nunca transborda de seus limites; mas corre ondulante em direção à extremidade. Este é o primeiro dia de uma nova vida, outro raio da roda ascendente. Mas meu corpo passa errante como a sombra de um pássaro. Eu deveria ser transitório como a sombra no bosque, cedo desmaiando, cedo enegrecendo e morrendo ali onde ela encontra o bosque, não fora pelo fato de que obrigo meu cérebro a tomar forma em minha fronte; obrigo-me a afirmar, num único verso de poesia não-escrita, este momento; a assinalar esta polegada na longa, longa história que começou no Egito, no tempo dos faraós, quando as mulheres carregavam cântaros vermelhos em direção ao Nilo. Pareço já ter vivido milhares de anos. Mas se agora fecho os olhos, se deixo de me dar conta do ponto de encontro entre o passado e o presente, de que estou sentado num vagão de terceira classe cheio de garotos indo de férias para casa, a história humana fica privada da visão de um momento. O olho dela, que veria através de mim, se fecha – se durmo agora, por negligência ou covardia, me escondendo no passado, na escuridão; ou se me sujeito, como se sujeita Bernard, contando histórias; ou se me gabo, como se gabam Percival, Archie, John, Walter, Lathom, Larpent, Roper, Smith – os nomes são sempre os mesmos, os nomes dos garotos gabolas. São todos gabolas, são todos tagarelas, exceto Neville, que ocasionalmente se insinua pelas páginas de um livro francês, e assim sempre se insinuará, em quartos cheios de almofadas e com lareira acesa, com muitos livros e um amigo, enquanto eu me balanço numa cadeira de escritório atrás de um balcão. Então me tornarei amargo e zombarei deles. Invejarei sua permanência ao longo de caminhos seguros e tradicionais sob a sombra de velhos teixos enquanto eu me consorcio com cockneys e escreventes, e palmilharei as calçadas da cidade.

"Mas agora incorpóreo, passando por campos sem abrigos – (ali está um rio; um homem está pescando; ali está a flecha de um campanário, ali está a rua do lugarejo e sua estalagem com janelas arqueadas) – tudo é como num sonho e turvo para mim. Estes pensamentos rígidos, esta inveja, esta amargura não têm nenhum abrigo em mim. Sou o fantasma de Louis, um transeunte efêmero, em cuja mente os sonhos têm força, e o jardim, sons, quando de manhã cedo as pétalas flutuam sobre profundezas insondáveis e os pássaros cantam. Eu me respingo e me molho com as águas radiantes da infância. Seu tênue véu treme. Mas a besta acorrentada pateia e pateia na praia."

"Louis e Neville", disse Bernard, "estão ambos sentados em silêncio. Estão ambos absortos. Ambos sentem a presença de outras pessoas como uma parede que separa. Quanto a mim, porém, se estou na companhia de outras pessoas, as palavras logo começam a fazer anéis de fumaça – vejam como as frases logo começam a espiralar de meus lábios. Parece que um palito de fósforo é riscado; alguma coisa arde. Agora um homem de certa idade e aparentemente próspero, um caixeiro-viajante, embarca. E eu logo desejo abordá-lo; instintivamente me desgosta a sensação de sua presença, fria, deslocada, entre nós. Não acredito em separação. Não estamos isolados. Ademais quero aumentar minha coleção de observações valiosas sobre a verdadeira natureza da vida humana. Meu livro certamente chegará a muitos volumes, abrangendo todas as variedades conhecidas de homem e de mulher. Encho minha mente, como quem enche sua caneta num tinteiro, com seja lá o que for que esteja contido numa sala ou num vagão de trem. Tenho uma sede constante e insaciável. Agora sinto por sinais imperceptíveis, que não consigo ainda interpretar mas conseguirei mais tarde, que seu ar de desafio está prestes a se desmanchar. Sua solitude dá sinais de rachadura. Ele fez um comentário sobre uma mansão senhorial. Um anel de fumaça sai de meus lábios (sobre as colheitas) e o rodeia, levando-o a pôr-se em contato. A voz humana tem a capacidade de desarmar – (não somos sós, somos um só). À medida que trocamos esses poucos e amáveis comentários sobre mansões senhoriais, eu o remodelo, tornando-o concreto. Como marido é indulgente mas não fiel; um pequeno empreiteiro que emprega uns poucos homens. É importante na sociedade local; já é vereador, e no devido tempo será talvez prefeito. Usa um grande berloque pendente da corrente do relógio, como um dente duplo arrancado pela raiz, feito de coral. Walter J. Trumble é o tipo de nome que lhe cairia bem. Esteve na América, numa viagem de negócios com a mulher, e um quarto de casal num hotelzinho custou-lhe um mês do salário. Seu dente incisivo tem uma obturação de ouro.

"O fato é que tenho pouco pendor para a reflexão. Preciso do concreto em tudo. É só assim que me aproprio do mundo. Uma boa frase, entretanto, parece-me ter uma existência independente. Penso contudo ser provável que as melhores sejam feitas em solitude. Elas exigem algum resfriamento final que não consigo dá-las, chapinhando sempre em palavras mornas e solúveis. Meu método, não obstante, tem certa vantagem sobre os deles. A Neville repugna-lhe a vulgaridade de Trumble. Louis, espiando, saltitando com o passo largo de uma altiva grua, cata palavras como se fora com pinças de pegar açúcar. É verdade que seus olhos – travessos, risonhos, embora desesperados – expressam algo que nós não aquilatamos. Há em ambos, Neville e Louis, uma precisão, uma exatidão que admiro e nunca terei. Agora começo a me dar conta de que é preciso ação. Chegamos a um entroncamento; no entroncamento tenho que mudar de trem. Tenho que tomar um trem para Edimburgo. Não consigo deslindar este fato – ele se aloja frouxamente entre meus pensamentos como um botão, como uma moedinha. Aí vem o velhinho alegre que recolhe as passagens. Eu estava com a minha – eu com certeza estava. Mas não importa. Das duas uma: vou achá-la ou não. Examino a carteira. Procuro em todos os bolsos. Essas são as coisas que interrompem para sempre o processo no qual estou eternamente envolvido, o de encontrar alguma frase perfeita que combine precisamente com este exato momento."

"Bernard se foi", disse Neville, "sem a passagem. Ele se livrou de nós, inventando uma frase, abanando a mão. Ele falava tão facilmente com o criador de cavalos ou o encanador quanto conosco. O encanador o acolhia com devoção. 'Se tivesse um filho como aquele', estava pensando, 'ele daria um jeito de mandá-lo para Oxford.' Mas o que sentia Bernard pelo encanador? Não queria ele apenas retomar a sequência da história que ele nunca para de contar a si mesmo? Ele a começou ainda criança quando fazia bolinhas com o pão. Uma bolinha era um homem, outra era uma mulher. Somos todos bolinhas. Somos todos frases na história de Bernard, coisas que ele escreve em sua caderneta na letra A ou na letra B. Ele conta nossa história com compreensão extraordinária, exceto por aquilo que nós mais sentimos. Pois ele não precisa de nós. Ele nunca está à nossa mercê. Lá está ele, abanando os braços na plataforma. O trem partiu sem ele. Ele perdeu a conexão. Ele perdeu a passagem. Mas isso não importa. Ele falará com a garçonete do bar sobre a natureza do destino humano. Nós partimos; ele já nos esqueceu; desaparecemos de sua vista; vamos adiante, cheios de sensações duradouras, meio amargas, meio doces, pois ele deve de alguma forma ser lastimado, enfrentando o mundo com frases inacabadas, tendo perdido sua passagem: ele também deve ser amado.

"Agora de novo faço de conta que leio. Ergo meu livro até ele quase cobrir meus olhos. Mas não consigo ler na presença de negociantes de cavalos e encanadores. Não tenho a mínima capacidade para me fazer simpático. Não admiro aquele homem; ele não me admira. Permitam-me ao menos ser honesto. Permitam-me denunciar este mundo fútil, frívolo, presunçoso; estes assentos de crina de cavalo; estas fotografias coloridas de quebra-mares e de cortejos. Poderia urrar diante da presunçosa autossatisfação, da mediocridade deste mundo, que produz negociantes de cavalos com berloques de coral pendentes da corrente do relógio. Há isso em mim que os consumirá inteiramente. Minha risada fará com que se contorçam em seu assento; fará com que saiam uivando da minha frente. Não; eles são imortais. Eles triunfam. Eles tornarão eternamente impossível para mim ler Catulo num vagão de terceira classe. Eles me levarão em outubro a me refugiar numa das universidades, na qual devo me tornar um professor; e ir com mestres-escolas à Grécia; e dar palestras sobre as ruínas do Partenon. Seria melhor criar cavalos e morar numa daquelas *villas* vermelhas do que entrar e sair correndo das caveiras de Sófocles e Eurípides como um verme, com uma esposa altiva, uma daquelas mulheres da universidade. Esta, entretanto, será minha sina. Deverei sofrer. Já sou aos dezoito capaz de um desprezo tal que os criadores de cavalo me odeiam. Este é meu triunfo; não faço concessões. Não sou tímido; não tenho nenhum sotaque. Não tenho faniquitos como Louis por medo do que as pessoas possam pensar de 'meu pai, banqueiro em Brisbane'.

"Agora nos aproximamos do centro do mundo civilizado. Ali estão os familiares gasômetros. Ali estão os jardins públicos cortados por trilhas asfaltadas. Ali estão os amantes deitados desavergonhadamente, boca com boca, na grama queimada. Percival está agora quase na Escócia; seu trem corta os matagais vermelhos; ele vê a longa linha das colinas da fronteira e o muro romano. Ele lê um romance policial, e compreende tudo.

"O trem desacelera e se alonga à medida que nos aproximamos de Londres, do centro, e meu coração também se expande, de medo, de júbilo. Estou prestes a encontrar – o quê? Que extraordinária aventura me aguarda, em meio a estas camionetes do correio, a estes carregadores, a estes enxames de gente chamando carros de praça? Sinto-me insignificante, perdido, mas exultante. Com um leve choque paramos. Deixarei os outros saírem antes de mim. Ficarei sentado imóvel por um instante antes de emergir naquele caos, naquele tumulto. Não anteciparei o que está por vir. A colossal algazarra entope-me os ouvidos. Ela soa e ressoa debaixo deste teto de vidro como as vagas de um mar. Somos atirados na plataforma com nossa bagagem. Somos estilhaçados. Minha autoconsciência quase perece; e o meu desdém. Sou sugado, lançado por terra, arremessado pelos ares. Salto do trem e piso na plataforma, segurando firme tudo o que possuo – uma maleta."

O sol se levantou. Barras de amarelo e verde caíam sobre a praia, dourando as balizas do barco carcomido e fazendo o cardo-marinho e suas encouraçadas folhas luzirem azul como aço. A luz quase atravessava as velozes e tênues ondas à medida que se precipitavam em leque sobre a praia. A garota que sacudira a cabeça e fizera todas as joias, o topázio, a água-marinha, as joias aquareladas cobertas de faíscas de fogo, dançarem, agora descobriu a fronte e com olhos arregalados abriu uma trilha reta por sobre as ondas. A cintilação delas, tremulante e como a de uma cavalinha, se tornava escura; elas se acumulavam; suas cavidades verdes se aprofundavam e escureciam e podiam ser atravessadas por cardumes de peixes errantes. Ao avançarem e recuarem chapinhando, deixavam uma fímbria negra de gravetos e cortiça na praia e palha e estilhas de madeira, como se alguma chalupa leve tivesse afundado e perdido os costados e o marinheiro tivesse nadado até alcançar terra firme e escalado o penhasco e deixado sua frágil carga ir parar na praia.

No jardim os pássaros que na alvorada tinham cantado errática e espasmodicamente em cima daquela árvore, em cima daquele arbusto, agora cantavam em coro, estridentes e ruidosos; ora juntos, como que conscientes de companhia, ora a sós como que para o céu azul-claro. Davam guinadas, em bando, quando o gato negro se mexia por entre os arbustos, quando a cozinheira jogava cinzas no quintal, espantando-os. O medo estava em seu canto, e a apreensão da dor, e o prazer a ser arrebatado rapidamente, agora, neste instante. Também cantavam por emulação no ar límpido da manhã, dando guinadas no alto, por sobre o olmo, cantando juntos, enquanto perseguiam uns aos outros, escapando, perseguindo, bicando-se, enquanto davam voltas no alto. E então cansados da perseguição e fuga, graciosamente vinham descendo, delicadamente vinham baixando, silenciosamente caíam e pousavam na árvore, no muro, com seus olhos brilhantes olhando de relance e a cabeça virada para um lado, para o outro; atentos, alertas; intensamente conscientes de uma coisa, um objeto em particular.

Talvez fosse a concha de um caracol, erguendo-se na grama como uma catedral gris, uma edificação inflada, marcada a ferro com anéis negros e sombreada de verde pela grama. Ou talvez vissem o esplendor das flores compondo uma luz de um púrpura ondulante sobre os canteiros, ao longo dos quais túneis negros de um tom púrpura eram escavados por entre os talos. Ou fixassem o olhar nas minúsculas e brilhantes folhas da macieira, que, bailando, embora refreadas, reluziam rígidas por entre as inflorescências de pontas rosadas. Ou vissem a gota de chuva sobre a sebe, pendente mas sem escorrer, com uma casa inteira encurvada dentro dela, e olmos grandiosos; ou, olhando direto para o sol, seus olhos virassem contas douradas.

Agora, olhando para um lado, para o outro, examinavam mais profundamente, por sob as flores, ao longo das avenidas escuras, o mundo sem luz onde a folha apodrece e a flor caíra. Então um deles, arremessando-se esplendidamente, aterrizando precisamente, bicou o corpo macio, monstruoso da indefesa minhoca, deu bicadas e mais bicadas, e abandonou-a à putrefação. Lá embaixo entre as raízes onde as flores apodreciam, lufadas de odores fétidos se elevavam; gotas se formavam nos lados empolados de coisas infladas. A casca das frutas podres rachava e vertia um pus espesso demais para escorrer. Excreções amarelas eram secretadas pelas lesmas, e de quando em quando um corpo amorfo com uma cabeça em cada ponta se balançava lentamente de um lado para o outro. Os pássaros de olhos dourados lançando-se por entre as folhas observavam aquela purulência, aquela umidade, inquisitivos. De vez em quando mergulhavam com ferocidade a ponta do bico na mistura gosmenta.

Agora, também, o sol nascente atingia a janela, tocando a cortina debruada de vermelho, e começava a realçar círculos e linhas. Agora, à luz crescente sua alvura se instalava no prato; a lâmina condensava seu brilho. Cadeiras e guarda-louças avultavam ao fundo de modo que embora estivessem separados pareciam inextricavelmente entrelaçados. O espelho alvejava sua poça sobre a parede. A flor real sobre o peitoril da janela ganhava a companhia de uma flor fantasma. Mas o fantasma era parte da flor, pois quando um botão brotava a flor mais pálida no espelho também abria um botão.

O vento ficava mais forte. As ondas tamborilavam na praia, como guerreiros em turbantes, como homens em turbantes com azagaias envenenadas que, girando os braços no alto, avançam sobre os rebanhos pastando, as ovelhas brancas.

"A COMPLEXIDADE das coisas se torna mais densa", disse Bernard, "aqui na faculdade, onde a agitação e a urgência da vida são tão extremas, onde a inquietação do simples viver se torna cada dia mais premente. Toda hora alguma coisa nova é extraída do imenso pote da sorte. O que sou eu? Pergunto. Isto? Não, sou aquilo. Especialmente agora, quando saí de uma sala, e as pessoas falando, e as lajes de pedra ressoam sob meus passos solitários, e observo a lua subindo, sublime, indiferente, por sobre a capela secular – então se torna claro que não sou um só e simples, mas complexo e muitos. Bernard, em público, borbulha; em privado, é contido. Isso é que eles não entendem, pois estão agora sem dúvida falando de mim, dizendo que lhes escapo, que sou evasivo. Não entendem que tenho que fazer diversas transições; tenho que encobrir as entradas e as saídas de cena de vários homens diferentes que alternadamente desempenham seu papel como Bernard. Sou especialmente sensível às particularidades. Nunca consigo ler um livro num vagão de trem sem me perguntar: Seria ele um construtor? Seria ela infeliz? Senti hoje agudamente que o pobre Simes, com sua pústula, estava pensando, muito amargamente, que sua chance de causar uma boa impressão em Billy Jackson era remota. Percebendo isso aflitivamente, convidei-o com veemência para jantar. Ele atribuirá isso a uma admiração que não é minha. É verdade. Mas 'combinada com a sensibilidade de uma mulher' (estou aqui citando meu próprio biógrafo) 'Bernard possuía a sobriedade lógica de um homem'. Ora, as pessoas que causam uma única impressão e, por isso, em geral, uma boa impressão (pois parece haver virtude na simplicidade), são as que mantêm seu equilíbrio em meio à correnteza. (Instantaneamente vejo peixes com o focinho numa direção, a correnteza se precipitando na outra.) Canon, Lycett, Peters, Hawkins, Larpent, Neville – todos peixes em meio à correnteza. Mas você compreende, *você*, meu eu, que sempre vem quando chamado (essa seria uma experiência devastadora, chamar e ninguém vir; isso tornaria a meia-noite vazia, e explica a expressão dos homens idosos nos clubes masculinos – eles desistiram de convocar um eu que não vem), você compreende que sou apenas superficialmente representado por aquilo que estava dizendo esta noite. No fundo e, no momento em que sou mais discrepante, também estou integrado. Entro em sintonia efusivamente; também me sento, como um sapo num buraco, recebendo com perfeita frieza seja lá o que vier. Pouquíssimos de vocês que estão agora me questionando têm a dupla capacidade de sentir, de raciocinar. Lycett, vejam só, acredita em perseguir lebres; Hawkins passou uma tarde das mais ativas na biblioteca. Peters tem sua mocinha na biblioteca circulante. Vocês estão todos empenhados, envolvidos, fascinados e absolutamente energizados ao ponto máximo de sua vocação – todos menos Neville, cuja mente é demasiadamente complexa para ser instigada por uma única atividade, seja qual for. Eu também sou demasiadamente complexo. Em meu caso algo continua flutuando, sem amarras.

"Agora, como prova de minha susceptibilidade à atmosfera, aqui, ao entrar em meu quarto, e acender a luz, e ver a folha de papel, a mesa, minha capa de estudante negligentemente atirada nas costas da cadeira, sinto que sou aquele impetuoso mas reflexivo homem, aquela ousada e deletéria figura que, gentilmente tirando seu capote, pega sua caneta e de chofre rabisca a próxima carta para a moça pela qual está perdidamente apaixonado.

"Sim, tudo está favorável. Agora estou animado. Posso escrever imediatamente a carta que comecei muitíssimas vezes. Acabei de chegar; joguei o chapéu e a bengala no chão; estou escrevendo a primeira coisa que me vem à cabeça sem me dar ao trabalho de endireitar o papel. Vai ser um rascunho brilhante que, deve ela pensar, foi escrito sem nenhuma pausa, sem nenhuma rasura. Vejam como as letras estão mal traçadas – há um borrão descuidado. Tudo deve ser sacrificado à rapidez e à despreocupação. Vou escrever numa letra ágil, fluente, minúscula, exagerando a perna do 'j' e cortando o 't' assim – com um traço. A data será apenas 17, terça-feira, e depois um ponto de interrogação. Mas também devo dar a impressão de que embora ele – pois este não sou eu – esteja escrevendo de maneira tão improvisada, tão atabalhoada, há alguma sutil sugestão de intimidade e respeito. Devo aludir a conversas que tivemos juntos – trazer de volta alguma cena memorável. Mas devo dar a ela a impressão (isto é muito importante) de estar passando de uma coisa para outra com a maior facilidade do mundo. Passarei do serviço fúnebre do homem que se afogou (tenho uma frase para isso) à sra. Moffat e seus ditados (tenho uma lista deles) e, assim, para algumas reflexões aparentemente casuais mas cheias de profundidade (a crítica profunda é com frequência escrita casualmente) sobre algum livro que estive lendo, algum livro fora do comum. Quero que ela diga enquanto penteia os cabelos ou apaga a vela: 'Onde li isso? Ah, na carta de Bernard'. É da velocidade, do efeito de metal fundido, candente, do fluxo feito lava de uma sentença escoando na outra que preciso. Em quem estou pensando? Em Byron, claro. Sou, sob certos aspectos, como Byron. Talvez uma pitada de Byron me ajude a entrar no tom. Deixem-me ler uma página. Não; isso é insípido; isso é incoerente. Isso é demasiado formal. Agora estou pegando o jeito da coisa. Agora estou conseguindo fazer a batida dele entrar na minha cabeça (o ritmo é a coisa principal da escrita). Agora, sem pausa, vou começar, no embalo mesmo do correr da pena –.

"Contudo, isso falha fragorosamente. Definha devagarinho. Não consigo acumular força suficiente para me tirar da transição. Meu verdadeiro eu se desprende do eu pretendido. E se começo a reescrever isso, ela perceberá que 'Bernard está posando de homem literário; Bernard está pensando em seu biógrafo' (o que é verdade). Não, escreverei a carta amanhã logo após o desjejum.

"Agora me deixem preencher minha mente com cenas imaginárias. Deixem-me supor que me convidem para ficar na mansão Restover, em King's Laughton, a cinco quilômetros da estação de Langley. Chego ao anoitecer. No pátio dessa decadente mas distinta casa há dois ou três cães, sorrateiros, esguios. Há tapetes desbotados no salão; um cavalheiro de estampa militar fuma cachimbo enquanto passeia pelo terraço. O tom é de pobreza digna e conexões militares. Um casco de cavalo de caça em cima da escrivaninha – do cavalo favorito. 'O senhor cavalga?' 'Sim, senhor, adoro cavalgar.' 'Minha filha nos espera na sala de visitas.' Meu coração dispara no peito. Ela está de pé junto a uma mesa baixa; esteve caçando; mastiga sanduíches como uma menina-moleca. Causo uma impressão bastante boa no coronel. Não sou demasiado inteligente, pensa ele; não sou demasiado tosco. Ademais jogo bilhar. Então a amável criada que está com a família há trinta anos entra na sala. A estampa dos pratos é de pássaros orientais de cauda longa. O retrato da mãe em vestido de musselina está pendurado em cima da lareira. Consigo esboçar o ambiente até certo ponto com uma facilidade extraordinária. Mas consigo fazer com que funcione? Consigo ouvir sua voz – o tom exato com o qual, quando estamos a sós, ela diz 'Bernard'? E, então, o que vem depois?

"A verdade é que preciso do estímulo de outras pessoas. Sozinho, junto à lareira apagada, tendo a ver os pontos frágeis de minhas próprias histórias. O romancista real, o ser humano perfeitamente simples, conseguiria continuar imaginando indefinidamente. Ele não se integraria, como eu faço. Ele não teria essa devastadora sensação de cinzas escuras numa lareira apagada. Alguma persiana ondula em meus olhos. Tudo se torna impermeável. Paro de inventar.

"Deixem-me rememorar. Tem sido em geral um bom dia. A gota que se forma no teto da alma no começo da noite é redonda, multicolor. Houve a manhã, bela; houve a tarde, caminhando. Gosto da vista dos campanários no outro lado dos campos cinzentos. Gosto das espiadelas por entre os ombros das pessoas. Certas coisas ficaram pipocando em minha cabeça. Eu estava imaginativo, sutil. Depois do jantar, estava dramático. Dei forma concreta a muitas coisas que tínhamos observado vagamente a respeito de nossos amigos comuns. Fiz minhas transições facilmente. Mas agora deixem-me fazer a mim mesmo a pergunta final, aqui sentado à frente desse fogo cinzento, com seus áridos promontórios de carvão negro: qual dessas pessoas eu sou? Depende muito do quarto. Quando digo a mim mesmo 'Bernard', quem vem? Um homem sardônico, fiel, desiludido, mas não amargurado. Um homem sem nenhuma idade nem vocação específica. Eu mesmo, simplesmente. É ele quem agora pega o atiçador e chacoalha as cinzas de modo que elas caiam em jorro pela grade. 'Meu Deus', diz ele para si mesmo, vendo-as caírem, 'que nuvem de poeira!' e então acrescenta, lugubremente, mas com alguma sensação de consolo, 'A srta. Moffat virá e limpará tudo –'. Imagino que devo repetir frequentemente esta frase para mim mesmo enquanto chacoalho e sou sacudido pela vida afora, batendo primeiro neste lado da carruagem, depois no outro, 'Oh, sim, a srta. Moffat virá e limpará tudo'. E então para a cama."

"Num mundo que contém o momento presente", disse Neville, "por que discriminar? Nenhuma coisa deve ser nomeada para evitar que ao fazê-lo nós a transformemos. Deixe que ela exista, esta margem, esta beleza, e eu, por um instante, inundado de prazer. O sol está quente. Vejo o rio. Vejo as árvores sarapintadas e crestadas pela luz do sol de outono. Os barcos passam flutuando pelo vermelho, pelo verde. Ao longe um sino dobra, mas não por finados. Há sinos que tocam pela vida. Uma folha cai, de alegria. Oh, estou apaixonado pela vida! Vejam como o salgueiro lança seus belos ramos no ar! Vejam como um barco cheio de moços indolentes, de moços inconscientes, de moços fortes, passa pelo meio deles. Estão escutando o gramofone; estão comendo frutas que tiram dos sacos de papel. Jogam fora as cascas de banana que então afundam como enguia no rio. Tudo o que eles fazem é belo.

Há galhetas atrás deles e ornamentos; seus quartos estão cheios de remos e oleografias mas eles transformaram tudo em beleza. Aquele barco passa por baixo da ponte. Outro chega. Depois mais outro. Aquele é Percival, espreguiçando-se nas almofadas, monolítico, num repouso de gigante. Não, é apenas um de seus satélites, imitando seu repouso monolítico, seu repouso de gigante. Só ele não se dá conta de suas travessuras, mas quando os pega no ato ele lhes aplica, bem-humorado, uma bofetada com sua manzorra. Eles também passaram por baixo da ponte, pelo meio das 'fontes das árvores pendentes', pelo meio de suas lindas pinceladas de amarelo e cor de ameixa. A brisa se mexe; a cortina tremula; vejo por detrás das folhas os graves mas eternamente joviais edifícios, que parecem porosos, não grávidos; leves, embora assentados desde tempos imemoriais sobre o ancestral gramado. Agora começa a subir em mim o ritmo familiar; palavras que permaneciam dormentes ora se erguem, ora arremessam suas cristas, e caem e sobem, e caem e sobem outra vez. Sou poeta, sim. Seguramente sou um grande poeta. Os barcos e a juventude passando e as árvores distantes, 'as fontes jorrando das árvores pendentes'. Vejo tudo isso. Sinto tudo isso. Estou inspirado. Meus olhos se enchem de lágrimas. Contudo, ao mesmo tempo que sinto isso, fustigo meu frenesi com mais e mais força. Ele espuma. Torna-se artificial, insincero. Palavras e palavras e palavras, como elas galopam – como entrelaçam suas longas crinas e caudas, mas por algum defeito em mim não consigo me entregar ao seu lombo; não consigo voar com elas, dispersando mulheres e sacolas de feira. Há alguma falha em mim – alguma hesitação fatal, que, se a ignoro, vira espuma e falsidade. Contudo é incrível que eu não deva ser um grande poeta. O que escrevi ontem à noite se não boa poesia? Seria eu demasiado ligeiro, demasiado superficial? Não sei. Às vezes não sei quem sou ou como medir e nomear e contar os grânulos que me fazem ser o que sou.

"Alguma coisa agora me abandona; alguma coisa sai de mim para ir ao encontro daquela figura que se aproxima e me assegura de que o conheço antes que eu veja quem é. Quão curiosamente somos transformados pelo acréscimo, até mesmo a distância, de um amigo. Quão útil é o serviço que nossos amigos nos prestam quando se lembram de nós. Contudo quão doloroso é sermos lembrados, sermos mitigados, termos nosso eu adulterado, misturado, se tornado parte de um outro. À medida que ele se aproxima torno-me não eu mesmo, mas Neville misturado com alguém – com quem? – com Bernard? Sim, é Bernard, e é a Bernard que farei a pergunta: Quem sou eu?"

"Quão estranho parece o salgueiro", disse Bernard, "quando visto acompanhado. Eu era Byron, e a árvore era a árvore de Byron, lacrimosa, chorona, lamurienta. Agora que olhamos juntos para a árvore, ela parece bem penteada, cada galho diferente, e lhe direi o que sinto, impelido por sua lucidez.

"Sinto sua desaprovação, sinto sua força. Torno-me, com você, um ser humano desleixado, impulsivo, cujo lenço está para sempre manchado com a gordura de panquecas. Sim, seguro a *Elegia* de Gray numa mão; com a outra escavo a última panqueca, que absorveu toda a manteiga e gruda no fundo do prato. Isso lhe desagrada; sinto agudamente sua aflição. Inspirado por isso e ansioso por reconquistar sua aprovação, ponho-me a contar-lhe como acabei de tirar Percival da cama; descrevo seus chinelos, a mesa, a vela derretida; a tonalidade ríspida e queixosa da voz quando lhe descubro os pés; ele, entrementes, se abrigando, como um imenso casulo. Descrevo tudo isso de forma tal que, centrado como você está nalguma tristeza toda sua (pois um vulto encapuzado preside nosso encontro), você cede, você dá risadas e se deleita comigo. Meu fascínio e a fluência de minha fala, inesperados e espontâneos sob estas circunstâncias, deleitam também a mim. Espanta-me, à medida que com palavras retiro o véu das coisas, o quanto, quão infinitamente mais do que consigo dizer, eu tenho observado. Muito, muito mais borbulha em minha mente enquanto falo, imagens e imagens. É disso, digo para mim mesmo, que preciso; por que, pergunto, não consigo terminar a carta que estou escrevendo? Pois meu quarto está sempre coberto de cartas inacabadas. Começo a suspeitar, quando estou com você, que estou entre os mais bem-dotados dos homens. Estou repleto da alegria da juventude, de potência, da sensação do que está por vir. Hesitante, mas ardente, vejo-me zumbindo em volta das flores, sussurrando no interior das corolas escarlates, fazendo túneis azuis ressoarem com meu prodigioso vozeirão. Quão ricamente gozarei minha juventude (é o que você me faz sentir). E Londres. E a liberdade. Mas pare aí. Você não está ouvindo. Você está fazendo algum protesto, enquanto desliza, com um gesto inexpressivelmente familiar, sua mão pelo joelho. Por tais sinais diagnosticamos os males de nossos amigos. 'Não vá, em sua fartura e abundância', você parece dizer, 'me deixar de lado.' 'Pare aí', você diz. 'Pergunte-me de que sofro.'

"Deixe-me então inventá-lo. (Você tem feito o mesmo por mim.) Você está estendido nesta margem quente, neste dia agradável, neste dia que se vai, neste dia ainda brilhante de outubro, vendo um barco atrás do outro passar pelo meio dos ramos penteados do salgueiro. E você deseja ser poeta; e você deseja ser amante. Mas a esplêndida lucidez de sua inteligência e a implacável honestidade de seu intelecto (essas palavras latinas eu devo a você; essas suas qualidades fazem com que me remexa um tanto inquietamente e perceba os desbotados remendos, os frágeis fios de minha própria bagagem) lhe paralisam. Você não se entrega a nenhuma mistificação. Você não se deixa obscurecer por nuvens rosadas, ou amarelas.

"Estou certo? Li corretamente o breve gesto de sua mão esquerda? Se é assim, dê-me seus poemas; entregue-me as folhas que você escreveu na última noite com tal fervor de inspiração que agora se sente um pouco encabulado. Pois você desconfia da inspiração, a sua ou a minha. Voltemos juntos, pela ponte, sob os olmos, ao meu quarto, onde, com as paredes à nossa volta e as cortinas de sarja vermelha cerradas, podemos barrar essas vozes perturbadoras, o aroma e o perfume dos limoeiros, e outras vidas; essas jovens balconistas, desdenhosamente saltitantes, essas velhas senhoras sobrecarregadas, pachorrentas; esses furtivos vislumbres de algum vulto vago e fugaz – poderia ser Jinny, poderia ser

Susan, ou seria Rhoda desaparecendo na avenida? De novo, por algum leve trejeito adivinho seu sentimento; escapei-lhe; fui embora zumbindo como um enxame de abelhas, eternamente errante, sem o mínimo de sua capacidade de se fixar impiedosamente num único objeto. Mas retornarei."

"Quando há edifícios como estes", disse Neville, "não posso aceitar que haja balconistas. Seus risinhos, seus fuxicos, me ofendem; perturbam minha placidez e me induzem, em momentos do mais puro júbilo, a relembrar nossa degradação.

"Mas agora recuperamos nosso território após aquela leve escaramuça com as bicicletas e o aroma de limão e os vultos evanescentes da rua agitada. Aqui estamos, senhores da tranquilidade e da ordem; herdeiros de uma gloriosa tradição. As luzes começam a fazer pequenas fendas amarelas ao longo da praça. As névoas vindas do rio ocupam esses centenários espaços. Elas se agarram, delicadamente, à venerável pedra. Agora as folhas se amontoam nas alamedas da área rural, as ovelhas tossem nos campos molhados; mas aqui em seu quarto estamos enxutos. Conversamos a sós. O fogo salta e se recolhe, fazendo brilhar algum puxador.

"Você esteve lendo Byron. Você esteve marcando as passagens que parecem abonar seu próprio caráter. Encontro marcas diante de todas as sentenças que parecem expressar uma natureza sardônica embora apaixonada; uma impetuosidade como a de uma mariposa se atirando contra o vidro duro. Você pensava, enquanto fazia ali com o lápis suas marcações: 'Eu também atiro minha capa daquele jeito. Eu também torço o nariz para o destino'. Contudo Byron nunca fez chá do jeito que você faz, enchendo tanto o bule que quando você põe a tampa o chá derrama. Há uma poça marrom em cima da mesa – ela escorre pelo meio de seus livros e papéis. Agora você a seca, desajeitadamente, com o lenço. Então você põe de volta seu lenço no bolso – isso não é Byron; isso é você; isso é tão essencialmente você que se pensar em você daqui a vinte anos, quando formos ambos famosos, vítimas da gota e insuportáveis, será por essa cena: e se você estiver morto, eu chorarei. Outrora você era o jovem de Tolstói, agora você é o jovem de Byron; você será talvez o jovem de Meredith; então você visitará Paris no feriado da Páscoa e voltará usando uma gravata preta, na pele de algum francês detestável do qual ninguém nunca ouviu falar. Então eu o abandonarei.

"Sou uma só pessoa – eu mesmo. Não personifico Catulo, que adoro. Sou o mais escrupuloso dos estudantes, com um dicionário aqui, uma caderneta ali, na qual registro usos curiosos do particípio passado. Mas não se pode continuar eternamente talhando essas inscrições antigas com um canivete para torná-las mais claras. Irei eu fechar sempre bem a cortina de sarja vermelha e ver meu livro, assentado como um bloco de mármore, pálido sob a lâmpada? Essa seria uma vida gloriosa, dedicar-se inteiramente à perfeição; seguir a curva da sentença seja lá para onde ela possa levar, aos desertos, sob as tempestades de areia, indiferente às armadilhas, às seduções; ser sempre pobre e descabelado; ser ridículo em Piccadilly.

"Mas estou nervoso demais para terminar minha sentença adequadamente. Falo rápido, enquanto vou para cá e para lá, para esconder minha agitação. Odeio seus lenços engordurados – você vai manchar sua cópia de *Don Juan*. Você não está me ouvindo. Está fazendo frases sobre Byron. E enquanto você gesticula, com seu casaco, sua bengala, estou tentando revelar um segredo ainda não contado a ninguém; estou (de costas para você) lhe pedindo para tomar minha vida em suas mãos e me dizer se estarei para sempre fadado a causar repulsa naqueles que amo?

"Estou de costas para você inquieto. Não, minhas mãos estão agora perfeitamente imóveis. Com um gesto preciso, abrindo um espaço na estante, insiro *Don Juan*; ali. Preferiria ser amado, preferiria ser famoso a buscar a perfeição no meio da areia. Mas estarei fadado a causar asco? Sou poeta? Tome-o. O desejo que pesa por detrás de meus lábios, frio como chumbo, fatal como uma bala, a coisa com que alvejo as balconistas, as mulheres, a simulação, a vulgaridade da vida (porque eu a amo) dispara contra você quando arremesso – agarre-o – meu poema."

"Ele disparou do quarto como uma flecha", disse Bernard. "Deixou-me seu poema. Oh, amizade, eu também imprensarei flores entre as páginas dos sonetos de Shakespeare! Oh, amizade, quão lancinantes são seus dardos – ali, ali, de novo ali. Ele me olhou, voltando-se para me enfrentar; ele me deu seu poema. Todas as brumas se espiralam do telhado de meu ser. Essa confiança eu a conservarei até o dia de minha morte. Como uma onda enorme, como uma vaga de imenso volume d'água, ele me inundou, sua devastadora presença – me escancarando, deixando a descoberto os seixos da praia de minha alma. Foi humilhante; reduzi-me a pedrinhas. Todas as similitudes foram recolhidas. 'Você não é Byron; você é seu eu.' Ser restringido por outra pessoa a um único ser – quão estranho.

"Quão estranho é sentir a linha que é desfiada de nós dois estender seu delicado filamento ao longo dos brumosos espaços do mundo interveniente. Ele foi embora; eu fico aqui, segurando seu poema. Entre nós há essa linha. Mas agora, quão reconfortante, quão tranquilizador é perceber que aquela presença alienígena foi removida, que aquele escrutínio foi obscurecido e encoberto! Quão agradável é fechar as cortinas e não admitir nenhuma outra presença; sentir retornarem dos cantos escuros nos quais se refugiaram aqueles andrajosos hóspedes, aqueles amigos íntimos que, com sua força superior, ele fez se esconderem. Os espíritos zombeteiros, vigilantes, que mesmo na crise e na estocada do momento velavam por mim, agora voltam em bando para casa. Graças a seu acréscimo, eu sou Bernard; eu sou Byron; eu sou isto, aquilo e aquilo outro. Eles escurecem a atmosfera e me enriquecem, como antigamente, com suas palhaçadas, seus comentários, e nublam a bela simplicidade do meu momento de emoção. Pois sou mais eus do que Neville pensa. Não somos simples como nossos amigos gostariam que fôssemos para suprir suas necessidades. Contudo o amor é simples.

"Agora eles voltaram, meus hóspedes, meus amigos íntimos. Agora a estocada, a brecha em minhas defesas que Neville abriu com seu espantoso, esplêndido espadim, foi reparada. Estou quase inteiro agora; e vejam como estou eufórico, pondo em ação tudo aquilo que Neville ignora de mim. Sinto, ao olhar da janela, afastando as cortinas: 'Isso não lhe daria nenhum prazer; mas me regozija'. (Utilizamos os amigos para medir nossa própria estatura.) Meu escopo abrange aquilo que Neville nunca atinge. Estão berrando cantos de caça do outro lado da rua. Estão celebrando alguma caçada com os bigles. Os menininhos de boné que sempre se viravam juntos quando o breque dobrava a esquina estão se dando palmadinhas nos ombros e se gabando. Mas Neville, delicadamente evitando qualquer intromissão, furtivamente, como um conspirador, volta ligeiro para seu quarto. Vejo-o afundado na poltrona, olhando para o fogo que assumiu neste momento uma solidez arquitetônica. Oxalá a vida, pensa ele, pudesse ostentar essa permanência, oxalá a vida pudesse ter essa ordem – pois acima de tudo ele deseja ordem, e detesta meu desleixo byrônico; e assim cerra sua cortina; e tranca sua porta. Seus olhos (pois está apaixonado; o sinistro vulto do amor presidia o nosso encontro) se enchem de desejo; se enchem de lágrimas. Ele pega o atiçador e de um só golpe destrói a momentânea aparência de solidez dos carvões em brasa. Tudo muda. E a juventude e o amor. O barco flutuara por entre o arco dos salgueiros e agora está embaixo da ponte. Percival, Tony, Archie, ou algum outro, irá para a Índia. Não nos encontraremos mais. Então ele estende a mão para pegar a caderneta – um belo volume encadernado em papel marmorizado – e escreve febrilmente longos versos, à maneira de quem quer que ele admire mais neste momento.

"Mas quero me demorar; me debruçar sobre a janela; escutar. Aí vem de novo aquele coro de foliões. Agora estão quebrando peças de porcelana – isso também é da convenção. O coro, como uma torrente transpondo rochedos, brutalmente tomando de assalto árvores antigas, se lança de cabeça, com esplêndido abandono, sobre precipícios. Eles vão em frente, bamboleando; galopando; atrás de cães de caça, atrás de bolas de futebol; grudados aos remos, eles inflam e desinflam como sacos de farinha. Todas as divisões estão fundidas – eles agem como um único homem. O vento tempestuoso de outubro faz ressoar a algazarra por todo o pátio, em rajadas de som e silêncio. Agora estão de novo quebrando peças de porcelana – isso é da convenção. Debaixo das janelas vermelhas como brasa, uma velha vacilante, carregando uma sacola, vai para casa com passinhos ligeiros. Está um tanto temerosa de que esbarrem nela e a façam cair na sarjeta. Contudo ela se detém como que para aquecer suas nodosas, reumáticas mãos na fogueira que flameja com feixes de fagulhas e papel picado trazido pelo vento. A velha se detém junto à janela iluminada. Um contraste. Isso eu vejo e Neville não vê; isso eu sinto e Neville não sente. Portanto ele atingirá a perfeição e eu fracassarei e não deixarei nada atrás de mim além de frases imperfeitas atulhadas de areia.

"Penso em Louis agora. Que luz malevolente embora inquisitiva Louis lançaria sobre esta declinante tarde de outono, sobre essa quebradeira de peças de porcelana e essa cantoria de canções de caça, sobre Neville, Byron e nossa vida aqui? Seus lábios finos estão um tanto contraídos; suas faces estão pálidas; ele se debruça num escritório sobre algum obscuro documento comercial. 'Meu pai, banqueiro em Brisbane' – tendo vergonha dele, sempre fala dele – fracassou. Então ele tem um cargo num escritório, Louis, o melhor aluno do colégio. Mas eu, buscando contrastes, muitas vezes sinto seus olhos sobre nós, seus sarcásticos, inquietos olhos, somando-nos como insignificantes parcelas num grande total que ele está sempre perseguindo em seu escritório. E um dia, pegando uma bela caneta e mergulhando-a em tinta vermelha, ele completará a soma; nosso total será conhecido; mas não será suficiente.

"Bang! Agora atiraram uma cadeira contra a parede. Estamos condenados então. Meu caso também é dúbio. Não estaria eu me entregando a emoções injustificadas? Sim, ao me debruçar na janela e deixar cair meu cigarro de modo que ele rodopie levemente no chão, noto Louis observando até mesmo meu cigarro. E Louis diz: 'Isso significa alguma coisa. Mas o quê?'."

"As pessoas continuam passando", disse Louis. "Elas passam incessantemente pela janela deste restaurante. Carros a motor, furgões, ônibus a motor; e de novo ônibus a motor, furgões, carros a motor – eles passam pela janela. Ao fundo percebo lojas e casas; também as agulhas cinza de uma igreja da cidade. À frente há prateleiras de vidro arranjadas com travessas de bolinhos e sanduíches de presunto. Tudo está um tanto obscurecido pelo vapor de um samovar. Um cheiro suculento, substancioso, de carne bovina e ovina, linguiças e purê de batata, paira como uma rede molhada no meio do restaurante. Apoio meu livro numa garrafa de molho Worcester e tento me parecer com o resto.

"Mas não consigo. (Elas continuam passando, continuam passando numa procissão desordenada.) Não consigo ler meu livro, ou pedir meu bife, com convicção. Repito: 'Sou um inglês médio; sou um funcionário médio', mas olho para os homenzinhos na mesa ao lado para ter certeza de que faço o que eles fazem. De rostos suaves, com peles frementes, que estão sempre se agitando de acordo com a multiplicidade de suas sensações, preênseis como macacos, lustrosos para este momento específico, eles discutem com todos os gestos apropriados a venda de um piano. Ele atravanca o saguão; assim, ele aceitaria uma nota de dez. As pessoas continuam passando; continuam passando contra o pano de fundo das agulhas da igreja e das travessas com sanduíches de presunto. As bandeirolas de minha consciência se agitam e são perpetuamente dilaceradas e afligidas pelo tumulto que elas causam. Não consigo pois me concentrar no meu almoço. 'Aceitaria uma nota de dez. A aparência é magnífica; mas atravanca o saguão.' Eles se lançam e se precipitam como mergulhões cujas penas estão escorregadias de óleo. Qualquer excesso que ultrapasse essa norma é vaidade. Essa é a média; esse é o meio-termo. Enquanto isso, os chapéus sobem e descem; a porta se fecha e se abre perpetuamente. Estou consciente do fluxo, da desordem; da aniquilação e do desespero. Se isso é tudo, isso não vale nada. Contudo também sinto o ritmo do restaurante. É como uma valsa, indo e voltando num redemoinho, em voltas e mais voltas. As garçonetes, equilibrando bandejas, vão e voltam num balanço, em voltas e mais voltas, servindo travessas de vegetais, de damasco e de tortas, servindo-as no tempo certo, para os clientes certos. Os homens médios, inserindo o ritmo dela no deles ('Aceitaria uma nota de dez; pois ele atravanca o saguão'), pegam seus vegetais, seus damascos e suas tortas. Onde, então, está a ruptura nessa continuidade? Por qual fissura se enxerga o desastre? O círculo está intacto; a harmonia, completa. Eis aqui o ritmo central; eis aqui a mola-mestra comum. Vejo-a expandir-se, contrair-se; e depois expandir-se novamente. Contudo não estou inserido. Se falo, imitando seu sotaque, eles esticam os ouvidos, esperando que eu fale novamente para que possam me situar – se venho do Canadá ou da Austrália, eu, que desejo acima de tudo ser tomado em seus braços com amor, sou um alienígena, um forasteiro. Eu, que desejaria sentir se fecharem sobre mim as ondas protetoras do ordinário, capto com o rabo do olho algum horizonte distante; tenho consciência dos chapéus subindo e descendo em perpétua desordem. A mim é dirigida a lamentação do espírito errante e perturbado (uma mulher com dentes podres hesita junto ao balcão): 'Leve-nos de volta ao redil, nós que passamos tão desmembrados, subindo e descendo, ao longo das janelas com travessas de sanduíches de presunto à mostra'. Sim; vou trazê-los de volta à ordem.

"Vou ler o livro que está apoiado na garrafa de molho Worcester. Ele contém alguns anéis forjados, formulações perfeitas, umas tantas palavras, mas não poesia. Vocês, vocês todos, o ignoram. O que o poeta morto disse vocês esqueceram. E não consigo traduzi-lo para vocês de modo que sua força coesiva lhes convença e deixe claro que vocês estão desnorteados; e que o ritmo é vulgar e inútil; e extirpar assim aquela degradação que, se vocês não têm consciência de sua falta de norte, impregna-se em vocês, tornando-os senis, mesmo quando jovens. Traduzir esse poema de modo que seja facilmente lido será meu desafio. Eu, o companheiro de Platão, de Virgílio, baterei na porta de carvalho cheia de veios. Oponho, àquilo que está desfilando, esta vareta de espingarda em aço forjado. Não me submeterei a esse desnorteado desfile de chapéus-coco e chapéus Homburg e todo o tipo de toucados multicolores e repletos de plumas das mulheres. (Susan, que eu respeito, usaria num dia de verão um chapéu simples de palha.) E ao rangido e ao vapor que escorre em gotas desiguais pela vidraça; e ao para-e-arranca repentino dos ônibus a motor; e às hesitações à frente dos balcões; e às palavras que se arrastam tristemente sem nenhum significado humano; vou trazê-los de volta à ordem.

"Minhas raízes descem por entre os veios de chumbo e prata, por entre os lugares úmidos, pantanosos que exalam odores, até um nó feito de raízes de carvalho que se juntam no centro. Selado e cego, com a terra tapando os meus ouvidos, ainda assim tenho ouvido rumores de guerras; e o rouxinol; tenho percebido a urgência de muitas tropas de homens afluindo para cá e para lá à procura da civilização feito bandos de pássaros buscando o verão; tenho visto mulheres carregando cântaros vermelhos em direção às margens do Nilo. Acordei num jardim, com um sopro na nuca, um beijo quente, o de Jinny; lembrando tudo isso como quem lembra gritos confusos e colunas vacilantes e clarões de rubro e preto nalguma conflagração noturna. Estou eternamente dormindo e despertando. Ora durmo; ora desperto. Vejo o fulgurante samovar; os armários de vidro cheios de sanduíches amarelo-claro; os homens em casacões empoleirados em bancos junto ao balcão; e também, atrás deles, a eternidade. É um estigma gravado com ferro em brasa em minha carne trêmula por um homem encapuzado. Vejo este restaurante contra o pano de fundo das asas dobradas e de múltiplas plumagens dos bandos de pássaros adejantes do passado. Daí meus lábios franzidos, minha palidez doentia; meu aspecto desagradável e pouco atraente quando volto meu rosto com ódio e amargor para Bernard e Neville, que vagueiam sob os teixos; que herdam poltronas; e fecham bem suas cortinas, de modo que a luz da lâmpada caia sobre seus livros.

"Susan eu respeito; porque ela fica sentada cerzindo. Ela costura sob uma lâmpada suave numa casa em que o trigo suspira perto da janela e me dá segurança. Pois sou o mais fraco, o mais novo deles todos. Sou uma criança mirando os pés e os pequenos córregos que a corrente cavou no cascalho. Aquilo é um caracol, digo eu; aquilo é uma folha. Encantam-me os caracóis; encanta-me a folha. Sou sempre o mais novo, o mais inocente, o mais crédulo. Vocês todos estão protegidos. Eu estou nu. Quando a garçonete de cabelos trançados chega gingando, ela lhes serve seus damascos e sua torta sem nenhuma hesitação, como uma irmã. Vocês são os irmãos dela. Mas quando me levanto, tirando os farelos do colete, deixo uma gorjeta grande demais, um xelim, debaixo da borda do meu prato, de modo que ela não a encontre até eu ter saído, e seu desprezo, quando ela a recolhe com uma risada, não me atinja até eu ter passado pelas portas de vaivém."

"Agora o vento levanta a cortina", disse Susan, "os jarros, as tigelas, os capachos e a poltrona surrada com um buraco no meio se tornam agora distinguíveis. As fitas desbotadas de sempre salpicam o papel de parede. O coro dos pássaros terminou, apenas um pássaro canta agora perto da janela do dormitório. Porei as meias e passarei silenciosamente pelas portas dos dormitórios e descerei, atravessando a cozinha, saindo pelo jardim e passando pela estufa em direção ao campo. Ainda é de manhãzinha. A bruma cobre os charcos. O dia está rígido e retesado como uma mantilha de linho. Mas se tornará brando; se tornará cálido. Nesta hora, nesta hora ainda cedo, penso que sou o campo, que sou o celeiro, que sou as árvores; meus são os bandos de pássaros, e esta jovem lebre que salta no último instante, quando quase piso nela. Minha é a garça que estende suas vastas asas preguiçosamente; e a vaca que range ao pôr um pé diante do outro, pastando; e a audaz, atrevida andorinha; e o débil rubro do céu, e o verde quando o rubro desmaia; o silêncio e o sino; o grito do homem recolhendo os cavalos de tiro dos campos – é tudo meu.

"Não posso ser dividida nem isolada. Fui mandada para o colégio; fui mandada para a Suíça para completar minha educação.

Odeio o linóleo; odeio os abetos e as montanhas. Deixem-me agora me jogar neste chão plano sob um céu pálido em que as nuvens passeiam sem pressa. A carroça cresce gradualmente à medida que vem pela estrada. As ovelhas se reúnem no meio do campo. Os pássaros se reúnem no meio da estrada – eles ainda não precisam voar. A fumaça da lenha sobe. A rigidez da aurora está indo embora. Agora o dia se mexe. A cor retorna. O dia ondula amarelo com todas as suas colheitas. A terra pende pesada sob mim.

"Mas quem sou eu, que me apoio nesta cancela e observo meu perdigueiro farejando num círculo? Às vezes penso (ainda não fiz vinte anos) que não sou uma mulher, mas a luz que cai nesta cancela, neste chão. Sou as estações, às vezes penso, janeiro, maio, novembro, a lama, a bruma, a aurora. Não posso ser jogada de um lado para o outro, ou circular gentilmente, ou me misturar com outras pessoas. Contudo, agora, apoiando-me aqui até a cancela marcar meu braço, sinto o peso que se formou no meu lado. Algo se formou, na escola, na Suíça, alguma coisa dura. Não os suspiros e as risadas; nem as frases tortuosas e engenhosas; nem as comunicações estranhas de Rhoda quando olha à nossa frente, por sobre nossos ombros; nem as piruetas de Jinny, uma peça só, membros e corpo. O que dou é cruel. Não posso circular gentilmente, misturando-me com outras pessoas. Gosto mais do olhar dos pastores que encontro na estrada; do olhar das ciganas, ao lado de uma carroça, numa vala, amamentando seus filhos como amamentarei os meus. Pois, logo, no calor do meio-dia, quando as abelhas zumbem em volta das malvas-rosa, meu amante chegará. Ele se porá debaixo do cedro. A seus monossílabos responderei com os meus. O que se formou em mim eu lhe darei. Terei filhos; terei criadas em aventais; homens com ancinhos; uma cozinha para onde eles trarão os cordeirinhos doentes para serem aquecidos dentro de cestas, onde os presuntos ficam pendurados e as cebolas brilham. Serei como minha mãe, silenciosa, num avental azul, trancando os guarda-louças.

"Agora estou com fome. Vou chamar meu perdigueiro. Penso em crostas e pão e manteiga e pratos brancos numa sala ensolarada. Voltarei pelos campos. Caminharei por esta trilha gramada com passos firmes, regulares, ora fazendo um desvio para evitar a poça, ora dando um pulinho por cima de uma moita. Gotas de umidade se formam na minha saia rústica; meus sapatos ficam moles e escuros. A rigidez desapareceu do dia; ele está matizado de cinza, verde e ocre. Os pássaros não estão mais pousados na estrada.

"Volto para casa, como volta um gato ou uma raposa, com o pelo tingido de cinza pela geada, com as patas endurecidas pela terra grossa. Enfio-me pelo meio dos repolhos, fazendo suas folhas rangerem e suas gotas caírem. Sento-me, à espera dos passos arrastados de meu pai vindo pelo corredor, apertando alguma erva por entre os dedos. Sirvo uma xícara atrás da outra, à vista das flores ainda fechadas, que se mantêm firmes sobre a mesa, no meio dos potes de geleia, das fatias de pão e da manteiga. Estamos em silêncio.

"Então vou até o guarda-louça e pego os saquinhos úmidos de ricas uvas-passas; ergo a farinha grossa e a ponho na mesa imaculadamente limpa da cozinha. Amasso; estico; puxo, mergulhando as mãos nas entranhas cálidas da massa. Deixo a água fria escorrer feito leque por entre os dedos. O fogo estrepita; as moscas zumbem em círculo. Todas as minhas groselhas e todo o meu arroz, os saquinhos prateados e os saquinhos azuis estão de novo trancados no guarda-louça. A carne foi posta no forno; o pão se eleva numa abóbada macia sob a toalha limpa. À tarde caminho até o rio. O mundo todo está se reproduzindo. As moscas vão de uma touceira de grama à outra. As flores estão carregadas de pólen. Os cisnes singram o regato em fileira. As nuvens, cálidas agora, sarapintadas pelo sol, se apressam sobre as colinas, despejando ouro na água, e ouro nos pescoços dos cisnes. Estendendo uma pata à frente da outra, as vacas pastam, abrindo caminho pelo campo. Tateio por entre a grama em busca do cogumelo de chapéu branco; e rompo-lhe o talo e colho a orquídea roxa que cresce ao lado e ponho a orquídea com a terra grudada à raiz ao lado do cogumelo e, assim, vou rumo à casa para pôr a chaleira a ferver para o meu pai em meio às rosas recém-avermelhadas em cima da mesinha do chá.

"Mas a noitinha chega e as lâmpadas se acendem. E quando a noitinha chega e as lâmpadas se acendem elas produzem um clarão amarelo na hera. Sento-me à mesa com a minha costura. Penso em Jinny; em Rhoda; e ouço o matraquear das rodas sobre o calçamento à medida que os cavalos de tiro se arrastam de volta à casa; ouço o trânsito ressoar no vento da noitinha. Olho para as folhas tremulantes no jardim escuro e penso 'Eles dançam em Londres. Jinny beija Louis'."

"Quão estranho", disse Jinny, "que as pessoas devam dormir, que as pessoas devam apagar as luzes e ir para o andar de cima. Tiraram as roupas, puseram trajes de noite brancos. Não há nenhuma luz em qualquer dessas casas. Vê-se contra o pano de fundo do céu uma fileira de tubos de chaminé; e um ou dois lampiões de rua queimando, como queimam os lampiões quando ninguém precisa deles. As únicas pessoas nas ruas são as pessoas pobres apressando o passo. Não há ninguém chegando ou indo embora nesta rua; o dia acabou. Uns poucos policiais estão parados nas esquinas. Contudo a noite está começando. Percebo-me brilhando na escuridão. A seda cobre-me os joelhos. Minhas sedosas pernas se esfregam suavemente. As pedras de um colar repousam frias sobre minha garganta. Meus pés sentem o aperto dos sapatos. Sento-me com as costas retas para que meus cabelos não toquem o encosto do assento. Estou enfeitada, estou pronta. Esta é a pausa momentânea; o momento sombrio. Os violinistas ergueram seus arcos.

"Agora a carruagem vai parando aos poucos. Uma faixa do calçamento está iluminada. A porta abre e fecha. As pessoas estão chegando; não falam; se apressam para entrar. No vestíbulo ouve-se o som sibilante dos casacos deslizando. Este é o prelúdio, este é o começo. Espio, espreito, empoo-me. Tudo está exato, preparado. Meus cabelos espraiam-se numa única curva. Meus lábios estão precisamente rubros. Agora estou pronta para me juntar aos homens e às mulheres, meus pares, nos degraus. Passo por eles, exposta ao seu olhar, tal como eles estão ao meu. Como um relâmpago, nós olhamos mas não afrouxamos nem damos sinais de reconhecimento. Nossos corpos se comunicam. Esta é a minha vocação. Este é o meu mundo. Tudo está decidido e pronto; os criados, dispostos aqui, e de novo aqui, pegam meu nome, meu nome novo, desconhecido, e lançam-no à minha frente. Entro em cena.

"Aqui estão as cadeiras douradas nos quartos vazios, expectantes, e as flores, mais imperturbáveis, mais imponentes que as flores que crescem, juncadas de verde, juncadas de branco, junto aos muros. E sobre uma mesinha solitária vê-se um solitário livro encadernado. É o que tenho sonhado; é o que tenho prenunciado. Sou uma nativa aqui. Marcho naturalmente sobre tapetes grossos. Deslizo facilmente sobre assoalhos encerados. Começo agora a me desfraldar, sob este perfume, sob esta radiância, como uma samambaia quando suas enroladas folhas se desfraldam. Paro. Faço o inventário deste mundo. Passeio o olhar pelos grupos de pessoas desconhecidas. Em meio às resplandecentes mulheres verdes, cor-de-rosa, cinza-pérola, erguem-se os corpos dos homens. Eles são preto e branco; estão sulcados por sob a roupa por córregos profundos. Percebo novamente o reflexo na janela do túnel; ele se move. Os vultos preto e branco dos homens desconhecidos me olham quando me inclino; quando me viro para olhar um quadro, eles também se viram. As mãos se dirigem trêmulas à gravata. Eles mexem no casaco, no lenço de bolso. São muito jovens. Estão ansiosos para causar uma boa impressão. Sinto mil qualidades brotando em mim. Sou alternadamente brejeira, alegre, lânguida, melancólica. Estou enraizada, mas flutuo. Toda dourada, fluindo naquela direção, digo a este: 'Venha'. Ondulando negra, digo àquele outro: 'Não'. Um deles sai de seu posto sob o armário de vidro. Aproxima-se. Vem na minha direção. Este é o momento mais emocionante pelo qual já passei. Tremulo. Ondulo. Escorro como uma planta no rio, flutuando para cá, flutuando para lá, mas enraizada, de modo que ele possa vir até mim. 'Venha', digo, 'venha'. Pálido, de cabelos escuros, aquele que está vindo é melancólico, romântico. E eu sou brejeira e volúvel e caprichosa; pois ele é melancólico, ele é romântico. Ele está aqui; está ao meu lado.

"Agora, com um pequeno puxão, como uma lapa arrancada de uma rocha, solto-me: caio com ele; sou carregada. Abandonamo-nos a esta lenta maré. Entramos e saímos desta hesitante música. As rochas quebram a corrente da dança; ela range, ela tremula. Para dentro e para fora, somos arrastados agora para dentro desta grande figura; ela nos mantém juntos; não podemos sair de suas sinuosas, suas hesitantes, suas abruptas, suas perfeitamente circundantes paredes. Nossos corpos, rígido o dele, fluido o meu, se comprimem no interior do corpo da figura; ela nos mantém juntos; e então estendendo-se em suaves, sinuosas dobras, nos faz rodar no meio dela, mais e mais. De repente a música cessa. Meu sangue continua a correr mas meu corpo fica imóvel. A sala passa girando diante de meus olhos. Ela para.

"Venha, então, vamos rodopiando até as cadeiras douradas. O corpo é mais forte do que eu pensava. Estou mais zonza do que supunha. Não me importo com nada no mundo. Não me importo com ninguém a não ser este homem cujo nome não sei. Não somos convenientes, lua? Não somos adoráveis aqui sentados juntos, eu, vestida de cetim; ele, em preto e branco? Meus pares talvez me olhem agora. Devolvo-lhes o olhar, homens e mulheres. Sou uma de vocês. Este é o meu mundo. Agora pego este cálice de haste fina e sorvo. O vinho tem um gosto acentuado, adstringente. Não posso deixar de me contrair ao bebê-lo. Perfume e flores, radiância e calor, estão aqui destilados num líquido ardente, num líquido amarelo. Logo atrás das minhas omoplatas algo seco, de olhos arregalados, se fecha suavemente, deixando-se gradualmente cair no sono. Isto é enlevo; isto é alívio. A barreira no fundo de minha garganta desce. As palavras forçam a passagem e se aglomeram e se empurram uma em cima da outra. Não importam quais. Elas se chocam e montam uma nos ombros da outra. A sozinha e a solitária se acasalam, tombam e se tornam muitas. Não importa o que digo. Forçando a passagem, como um pássaro adejante, uma sentença cruza o espaço vazio entre nós. Ela pousa nos lábios dele. Encho meu cálice novamente. Bebo. Os véus entre nós caem. Sou admitida ao calor e à intimidade de outra alma. Estamos juntos, bem no alto, em algum desfiladeiro alpino. Ele se posta melancólico no topo da estrada. Eu me inclino. Colho uma flor azul e a prendo, ficando na ponta dos pés para alcançá-lo, em seu casaco. Pronto! Esse é o meu momento de êxtase. Agora terminou.

"Agora a lassidão e a indiferença nos invadem. Outras pessoas passam apressadas. Perdemos a consciência de nossos corpos se unindo embaixo da mesa. Também gosto de homens de cabelos loiros e olhos azuis. A porta se abre. A porta continua se abrindo. Agora penso: a próxima vez que ela se abrir minha vida inteira terá mudado. Quem vem lá? Mas é apenas um criado, trazendo cálices. Aquele ali é um homem velho – com ele eu seria uma criança. Aquela ali é uma grande dama – com ela eu dissimularia. Há moças de minha idade, pelas quais nutro o sentimento dos sabres desembainhados de uma rivalidade nobre. Pois elas são meus pares. Sou uma nativa deste mundo. Aqui está meu risco, aqui está minha aventura. A porta se abre. Oh, venha, digo para este, ondulando dourada da cabeça aos pés. 'Venha', e ele vem até mim."

"Vou me insinuar atrás delas", disse Rhoda, "como se visse alguém que conheço. Mas não conheço ninguém. Vou afastar a cortina e olhar a lua. Lufadas de olvido vão arrefecer minha agitação. A porta se abre; o tigre salta. A porta se abre; o terror entra correndo; um terror atrás do outro, me perseguindo. Deixem-me visitar furtivamente os tesouros que acumulei. Poças se estendem do outro lado do mundo, refletindo colunas de mármore. A andorinha mergulha as asas nas poças escuras. Mas aqui a porta se abre e as pessoas vêm; vêm em minha direção. Distribuindo sorrisos amarelos para mascarar sua crueldade, sua indiferença, elas me agarram. A andorinha mergulha as asas; a lua atravessa sozinha mares azuis. Devo pegar a mão dele; devo responder. Mas que resposta devo dar? Sou empurrada para trás para ficar queimando neste corpo desgracioso, desajeitado, para receber os dardos da indiferença e do desprezo dele, eu que anseio por colunas de mármore e poças do outro lado do mundo onde a andorinha mergulha as asas.

"A noite rolou um pouco mais por sobre os tubos das chaminés. Vejo pela janela aberta por cima dos ombros dele um gato desinibido, não banhado em luz, não enleado em seda, livre para fazer uma pausa, se esticar e voltar a se mexer. Odeio todos os detalhes da vida pessoal. Mas estou fixada aqui para ouvir. Há uma imensa pressão sobre mim. Não posso me mover sem deslocar o peso dos séculos. Um milhão de flechas me trespassam. O desdém e o escárnio me trespassam. Eu, que poderia jogar meu peito contra a tempestade e deixar alegremente o granizo me asfixiar, estou pregada aqui; estou exposta. O tigre salta. As línguas com seus chicotes estão em cima de mim. Soltas, incessantes, elas vibram sobre mim. Tenho que tergiversar e detê-las com mentiras. Que amuleto existe contra este desastre? Que rosto posso convocar que consiga se manter frio sobre esta fogueira? Penso em nomes inscritos em baús; em mães de cujos joelhos largos as saias caem; em clareiras onde as íngremes colinas de muitas encostas acabam. Escondam-me, grito, protejam-me, pois sou a mais jovem, a mais desprotegida de vocês todas. Jinny flutua como uma gaivota sobre a onda, habilmente distribuindo seus olhares aqui e ali, dizendo isto, dizendo aquilo, com sinceridade. Mas eu minto; eu tergiverso.

"Sozinha, balanço minhas bacias; estou no comando da minha frota de navios. Mas aqui, retorcendo as borlas da cortina de brocado à janela de minha anfitriã, estou partida em peças separadas; não sou mais uma unidade. Qual é então o saber que Jinny tem quando dança; a segurança que Susan tem quando, inclinando-se silenciosamente sob a luz da lâmpada, puxa a linha branca pelo buraco da agulha? Elas dizem Sim; elas dizem Não; elas dão pancadas na mesa. Mas eu fico em dúvida; eu tremo; eu vejo o espinheiro selvagem agitar sua sombra no deserto.

"Agora, como se tivesse um objetivo em mente, atravessarei a sala, em direção à sacada coberta por um toldo. Vejo o céu, suavemente emplumado pelo repentino esplendor da lua. Vejo também as grades da praça e duas pessoas sem rosto, inclinando-se como estátuas contra o céu. Há, pois, um mundo imune à mudança. Após ter atravessado este salão, com frementes línguas que me talham como facas, fazendo-me gaguejar, fazendo-me mentir, encontro rostos livres de feições, envoltos em beleza. Os amantes se agacham embaixo do plátano. O policial está de sentinela na esquina. Um homem passa. Há, pois, um mundo imune à mudança. Mas não estou composta o bastante, postada nas pontas dos pés à beira do fogo, ainda abrasada pelo sopro quente, com medo de a porta se abrir e do salto do tigre, para fazer uma única frase que seja. O que digo é perpetuamente contestado. Sou interrompida a cada vez que a porta se abre. Ainda não tenho vinte e um anos. Serei partida. Serei ridicularizada durante toda a minha vida. Serei atirada para cima e para baixo entre estes homens e mulheres, com seus rostos crispados, com suas línguas mentirosas, como uma cortiça num mar encrespado. Como uma tira de algas sou atirada longe toda vez que a porta se abre. Sou a espuma que varre e cobre de branco os mais remotos recantos das rochas; sou também uma moça, aqui nesta sala."

O sol, levantado, não mais reclinado num colchão verde dardejando um olhar intermitente por entre as joias aquosas, desvelava sua face e olhava reto por sobre as ondas. Elas caíam com um estrondo regular. Elas caíam com o impacto de patas de cavalo sobre o gramado. Sua espuma subia como lanças e azagaias por sobre a cabeça de cavaleiros. Elas varriam a praia com uma água azul-metálico e com ponta de diamante. Elas fluíam e refluíam com a energia, a musculatura de um motor que retrai sua força e a põe de novo em ação. O sol caía sobre os trigais e os bosques. Os rios se tornavam azuis e cheios de pregas, os gramados que desciam até a beira da água tornavam-se verdes como penas de pássaros suavemente eriçando suas plumas. As colinas, curvadas e contidas, pareciam refreadas por correias feito um membro constrangido pelos músculos; e os bosques que se encrespavam altivamente em seus flancos eram como a crina curta, aparada, do pescoço de um cavalo.

No jardim onde as árvores se erguiam densas por sobre os canteiros, os laguinhos e as estufas, os pássaros cantavam sob a ardente luz do sol, cada um por si. Um cantava embaixo da janela do quarto; outro no galho mais alto do pé de lilás; outro ainda na beirada do muro. Cada um cantava estridentemente, com paixão, com veemência, como que para deixar o canto se soltar, pouco importando se perturbava o canto de outro pássaro com sua áspera dissonância. Seus olhos redondos saltavam, brilhantes; seus pés agarravam com força o galho ou a beirada do muro. Cantavam expostos, sem nenhuma proteção, ao vento e ao sol, belos em sua nova plumagem, raiada como concha ou brilhante como malha metálica, aqui listrada de azuis suaves, ali salpicada de dourado, ou riscada por uma pena brilhante. Cantavam como se o canto lhes fosse instigado pela pressão da manhã.

Cantavam como se o fio do existir estivesse afiado e devesse cortar, devesse fender a suavidade da luz verde-azulada, a umidade da terra molhada; as emanações e os eflúvios do vapor engordurado da cozinha; o cheiro morno da carne de boi e de carneiro; a suculência dos doces e das frutas; as cascas e os restos úmidos despejados do balde da cozinha sobre o monte de lixo e dos quais emanava um lento vapor. Sobre tudo que era encharcado, manchado e enrugado pela umidade, eles desciam, os bicos secos, implacáveis, abruptos. Precipitavam-se repentinamente do pé de lilás ou da cerca. Avistavam um caracol e batiam a concha contra uma pedra. Batiam furiosamente, metodicamente, até que a concha se quebrasse e algo viscoso escorresse da rachadura. Lançavam-se e elevavam-se precisamente em bandos no alto do céu, chilreando notas breves, agudas, e pousavam nos ramos mais altos de alguma árvore, e espiavam as folhagens e os campanários lá embaixo, e o campo branco de árvores frutíferas em flor, a grama ondulando, e o mar batendo como um tambor que põe em forma um regimento de soldados emplumados e enrolados em turbantes. De vez em quando seus cantos se combinavam em escalas vivas como os entrelaçamentos de um riacho numa montanha, cujas águas, ao se encontrarem, espumam e depois se misturam, e se precipitam descendo cada vez mais rápido pelo mesmo leito, roçando as mesmas e largas folhas. Mas há um rochedo; elas se separam.

O sol caía em cunhas agudas dentro do quarto. Tudo que a luz atingia se tornava dotado de uma existência fantasmagórica. Um prato era como um lago branco. Uma faca parecia um punhal de gelo. De repente os copos se mostravam sustentados por estrias de luz. As mesas e as cadeiras subiam à superfície como se tivessem sido mergulhadas na água e subissem, envoltas numa película de vermelho, laranja, púrpura, como a textura aveludada que cobre a casca do fruto maduro. As estrias no esmalte da porcelana, o veio da madeira, as fibras dos tapetes tornavam-se cada vez mais finamente lavrados. Tudo estava sem sombra. Um jarro estava tão verde que o olho parecia ter sido sugado por sua intensidade através de um funil e ter se grudado a ele como uma lapa. Então as formas adquiriam massa e contorno. Aqui estava o corpo de uma cadeira; ali o volume de um armário. E, à medida que a luz aumentava, flocos de sombra eram impelidos à sua frente e se aglomeravam e pendiam ao fundo em plissados de múltiplas dobras.

"QUÃO BELA, quão estranha", disse Bernard, "resplandecente, semeada de agulhas e abóbadas, é a Londres que se estende sob a bruma à minha frente. Protegida por gasômetros, por chaminés de fábricas, ela dorme quando estamos chegando. Ela envolve o formigueiro em seu seio. Todos os gritos, todo o clamor, estão suavemente envoltos em silêncio. Nem a própria Roma parece tão majestosa. Mas a temos sob nossa mira. Sua sonolência maternal já foi abalada. Cerros emplumados de casas se erguem da bruma. Fábricas, catedrais, abóbadas de vidro e teatros se põem de pé. O primeiro trem da manhã vindo do norte se arremessa contra ela como um míssil. Ao passarmos abrimos uma cortina. Rostos vazios, expectantes nos fitam ao passarmos trepidando e zunindo pelas estações. Os homens seguram o jornal um pouco mais fortemente ao serem roçados pelo nosso vento, prefigurando a morte. Mas continuamos a ribombar. Estamos prestes a explodir nos flancos da cidade, como um projétil no dorso de algum animal pesado, maternal, majestoso. Ela sussurra e murmura; ela espera por nós.

"Neste meio tempo, ao olhar pela janela do trem, sinto estranhamente, persuasivamente, que por causa de minha grande felicidade (estou noivo) me tornei parte dessa velocidade, desse míssil lançado contra a cidade. Estou insensível à tolerância e à aquiescência. Meu caro senhor, poderia eu dizer, por que se inquieta, baixando sua mala para guardar o boné que usou a noite toda? Nada que possamos fazer será de alguma valia. Sobre todos nós paira uma esplêndida unanimidade. Somos engrandecidos e solenizados e, numa pincelada, como que pelas asas cinza de um enorme ganso (é uma bela mas descolorida manhã), uniformizados, porque temos um só e único desejo – chegar à estação. Não quero que o trem pare com um estrondo. Não quero que a conexão que nos manteve unidos, sentados à frente um do outro a noite toda se rompa. Não quero pensar que o ódio e a rivalidade recobraram seu domínio; assim como os diferentes desejos. Nossa comunhão no impetuoso trem, todos sentados juntos com um único desejo, o de chegar a Euston, foi muito agradável. Mas vejam! Acabou. Realizamos nosso desejo. Descemos na plataforma. A pressa e a confusão e o desejo de ser o primeiro a passar pelo portão e entrar no elevador se impõem. Mas não quero ser o primeiro a passar pelo portão, a assumir o fardo da vida individual. Eu, que tenho sido desde segunda-feira, quando ela disse o sim, eletrizado em cada nervo com um sentimento de identidade, eu que não podia ver uma escova de dente num copo sem dizer '*Minha* escova de dente', agora quero abrir as mãos e deixar cair todas as minhas posses e simplesmente ficar aqui na rua, sem participar de nada, olhando os ônibus, sem desejo; sem inveja; com aquilo que seria uma curiosidade ilimitada sobre o destino humano se a minha mente ainda tivesse algum fio. Mas não tem nenhum. Cheguei; sou aceito. Não exijo nada.

"Tendo me desprendido do seio, satisfeito como uma criança, estou agora livre para mergulhar fundo naquilo que passa, esta vida onipresente, geral. (Quanta coisa, deixem-me mencionar, depende das calças; a cabeça inteligente é totalmente prejudicada por calças surradas.) Veem-se curiosas hesitações à porta do elevador. Por aqui, por ali, pelo outro lado? Então a individualidade se impõe. Eles se vão. São todos impelidos por alguma necessidade. Alguma infeliz obrigação de cumprir um encontro marcado, de comprar um chapéu, divide esses belos seres humanos antes tão unidos. Quanto a mim, não tenho nenhum objetivo. Não tenho nenhuma ambição. Vou me deixar levar pelo impulso geral. A superfície da minha mente flui como um córrego cinza-claro que reflete o que passa. Não consigo me lembrar do meu passado, do meu nariz ou da cor dos meus olhos, ou de qual é a opinião geral que tenho de mim mesmo. Apenas em momentos de emergência, num cruzamento, junto ao meio-fio, o desejo de proteger meu corpo surge e me agarra e me faz parar, aqui, à frente deste ônibus. Insistimos, ao que parece, em viver. Mas então, a indiferença sobrevém. O rugido do tráfego, a passagem, por aqui e por ali, de rostos indistinguíveis, me induzem a sonhos; apagam as características dos rostos. As pessoas poderiam caminhar me atravessando. E o que é este instante de tempo, este dia particular em que me vi preso? O troar do tráfego poderia ser qualquer ruído – as árvores da floresta ou o rugido de animais selvagens. O tempo retroagiu uma ou duas polegadas em sua bobina; nosso pequeno progresso foi anulado. Também creio que nossos corpos estão na verdade nus. Estamos apenas levemente cobertos com panos abotoados; e sob estas calçadas jazem sambaquis, ossos e silêncio.

"É entretanto verdade que meu devaneio, meu hesitante avanço como alguém arrastado por sob a superfície de uma corrente, é interrompido, dilacerado, espicaçado e puxado por sensações, espontâneas e irrelevantes, de curiosidade, avidez, desejo, irresponsáveis como no sono. (Cobiço aquela mala – etc.) Não, mas desejo submergir; visitar os profundos abismos; de quando em quando exercer minha prerrogativa de nem sempre agir, mas explorar; ouvir os vagos, ancestrais sons de galhos rangendo, de mamutes; entregar-me a impossíveis desejos de abraçar o mundo inteiro com os braços da compreensão – impossível para os que agem. Não estaria eu tremendo, enquanto caminho, com estranhas oscilações e vibrações de empatia, que, desaferrado como sou de uma existência privada, me fazem abraçar estas absortas manadas; estes curiosos e turistas; estes garotos de recado e estas furtivas e fugidias garotas que, ignorando sua sorte, espiam as vitrines? Mas estou consciente de nossa efêmera travessia.

"É entretanto verdade que não posso negar que para mim a vida se torna agora misteriosamente prolongada. Seria pelo fato de que posso ter filhos, de que posso lançar um jorro mais amplo de sementes, para além desta geração, desta população circunscrita pela sorte, se acotovelando, numa perpétua competição ao longo da rua? Minhas filhas virão aqui, em outros verões; meus filhos revolverão novos campos. Por isso, não somos gotas de chuva logo secadas pelo vento; fazemos os jardins florescerem e as florestas ribombarem; afloramos diferentes, para todo o sempre. Isto serve, pois, para explicar minha confiança, minha estabilidade fundamental, sob outras circunstâncias tão monstruosamente absurdas, enquanto enfrento a corrente desta superlotada artéria, sempre abrindo caminho por entre os corpos das pessoas, tirando proveito de instantes seguros para atravessar. Não se trata de vaidade; pois sou desprovido de ambições; não me recordo de meus dons especiais, nem das idiossincrasias, nem das marcas que carrego em minha pessoa; olhos, nariz ou boca. Não sou, neste momento, eu mesmo.

"Contudo, vejam, ela retorna. Não se pode extinguir esse odor persistente. Ela se infiltra por alguma fenda na estrutura – a nossa identidade. Não faço parte da rua – não, eu observo a rua. Dividimo-nos, portanto. Por exemplo, no alto daquele beco uma garota está parada à espera; de quem? Uma história romântica. Na parede daquela loja está afixada uma pequena grua, e por qual razão, pergunto, essa grua foi fixada ali? e invento uma dama de roxo, volumosa, abrangente, erguida de um landau por um marido pingando de suor, em algum momento dos anos sessenta. Uma história grotesca. Isto é, sou um cunhador natural de palavras, um soprador de bolhas através de uma coisa e outra. E, disparando espontaneamente essas observações, invento-me; diferencio-me e, ouvindo a voz que diz enquanto passeio, 'Olhe! Tome nota disso!', concebo-me convocado a fornecer, em alguma noite de inverno, um significado para todas as minhas observações – uma linha que vai de uma à outra, um resumo que fecha tudo. Mas solilóquios em becos logo cansam. Preciso de público. Essa é a minha desgraça. Isso sempre faz franzir a borda da asserção final impedindo-a de se formar. Não posso me sentar em algum sórdido restaurante e pedir o mesmo copo dia após dia e me embeber inteiramente num único fluido – esta vida. Faço minha frase e escapulo com ela para alguma sala mobiliada onde ela será iluminada por dúzias de velas. Preciso de olhos postos em mim para extirpar estes floreios e firulas. Para ser eu mesmo (anoto) preciso da iluminação dos olhos de outras pessoas e, portanto, não posso estar inteiramente seguro sobre o que o meu eu é. Os autênticos, como Louis, como Rhoda, existem mais completamente em solitude. Eles se melindram com a iluminação, a reduplicação. Eles atiram suas pinturas, uma vez concluídas, no campo, com a frente virada para baixo. Em cima das palavras de Louis estende-se uma espessa camada de gelo. Suas palavras saem prensadas, condensadas, duradouras.

"Quero, pois, após esta sonolência, cintilar, multifacetado sob a luz do rosto de meus amigos. Estive fazendo a travessia do território sem sol da não-identidade. Uma terra estranha. Tenho ouvido em meu momento de apaziguamento, em meu momento de arrasadora satisfação, o suspiro, à medida que flui, que reflui, da maré que se espraia para além deste círculo de radiante luz, deste tamborilar de insensata fúria. Tenho tido um momento único de enorme paz. Isso talvez seja a felicidade. Agora sou arrastado de volta por pungentes sensações; pela curiosidade, pela avidez (estou faminto) e pelo irresistível desejo de ser eu mesmo. Penso nas pessoas às quais poderia dizer coisas: Louis, Neville, Susan, Jinny e Rhoda. Com eles sou multiforme. Eles me livram da escuridão. Iremos nos encontrar esta noite, graças aos céus. Graças aos céus, não preciso ficar sozinho. Jantaremos juntos. Daremos adeus a Percival, que parte para a Índia. A hora ainda está longe, mas já começo a perceber aqueles arautos, aqueles batedores, as imagens de nossos amigos ausentes. Vejo Louis, esculpido em pedra, escultural; Neville, talhado a tesoura, exato; Susan com olhos como contas de cristal; Jinny dançando como uma chama, febril, flamante, sobre a terra seca; e Rhoda a ninfa da fonte sempre molhada. São figuras fantásticas – são invenções, essas visões de amigos ausentes, grotescas, hidrópicas, se esvaindo ao primeiro toque da biqueira de uma bota de verdade. Contudo seu tamborilar me mantém vivo. Elas dissipam esses vapores. Começo a me impacientar com a solidão – a perceber suas tapeçarias pendurando-se sufocantes, insalubres, ao meu redor. Oh, livrar-me delas e ser ativo! Qualquer um servirá. Não sou exigente. O varredor de ruas servirá; o carteiro; o garçom deste restaurante francês; melhor ainda o amável proprietário, cuja amabilidade parece reservada para nós. Ele mistura a salada com as próprias mãos para algum conviva privilegiado. Qual é o conviva privilegiado, pergunto, e por quê? E o que ele está dizendo para a dama de brincos; seria ela uma amiga ou uma cliente? Percebo imediatamente, ao sentar-me à mesa, o delicioso impulso da confusão, da incerteza, da possibilidade, da especulação. As imagens se criam instantaneamente. Estou perplexo com minha própria fertilidade. Poderia descrever aqui cada cadeira, cada mesa, cada freguês, copiosamente, abundantemente. Minha mente zumbe de um lado para o outro, com seu véu de palavras para tudo. Falar, até mesmo sobre vinho com o garçom, significa provocar uma explosão. O foguete sobe. Seu grão dourado cai, fertilizando, sobre o rico solo de minha imaginação. A natureza inteiramente inesperada dessa explosão – eis aí o prazer do intercurso. Eu, combinado com um garçom italiano desconhecido – o que sou eu? Não há nenhuma estabilidade neste mundo. Quem irá dizer que significado há em qualquer coisa? Quem irá predizer a trajetória de uma palavra? É um balão que veleja por sobre a copa das árvores. Falar de conhecimento é fútil. Tudo é experimento e aventura. Estamos sempre nos misturando com quantidades desconhecidas. O que está por vir? Não sei. Mas ao largar o cálice me lembro: estou noivo. Devo jantar com meus amigos esta noite. Sou Bernard, eu mesmo."

"São agora cinco para as oito", disse Neville. "Cheguei cedo. Ocupei meu lugar na mesa dez minutos antes da hora para saborear cada momento de expectativa; para ver a porta se abrir e dizer: 'É Percival? Não, não é Percival'. Há um mórbido prazer em dizer: 'Não, não é Percival'. Já vi a porta se abrir e fechar vinte vezes; a cada vez o suspense aumenta. Este é o lugar para o qual ele está vindo. Esta é a mesa à qual ele se sentará. Aqui, por incrível que pareça, estará seu corpo real. Esta mesa, estas cadeiras, este vaso de metal com suas três flores vermelhas estão prestes a sofrer uma transformação extraordinária. O salão, com suas portas de vaivém, suas mesas apinhadas de frutas, de carnes frias, já ostenta a aparência incerta, irreal, de um lugar onde se fica à espera na expectativa de que algo aconteça. As coisas tremulam como se ainda não existissem. A alvura da toalha branca ofusca. A hostilidade, a indiferença das outras pessoas que estão jantando aqui é opressiva. Olhamos um para o outro; concluímos que não nos conhecemos, encaramo-nos, e nos afastamos. Olhares assim são chicotadas. Percebo neles toda a crueldade e indiferença do mundo. Caso ele não venha não conseguirei suportar. Irei embora. Contudo alguém deve estar vendo-o agora. Ele deve estar em algum carro de praça; deve estar passando por alguma loja. E o tempo todo ele parece despejar neste salão esta luz pungente, esta intensidade de existir, de modo que as coisas perderam sua utilidade normal – a lâmina desta faca é apenas um clarão de luz, não um objeto que serve para cortar. O normal está abolido.

"A porta se abre, mas ele não vem. Aquele lá é Louis, hesitante. Aquela é sua estranha mistura de segurança e timidez. Ele se olha no espelho ao entrar; mexe no cabelo; está insatisfeito com sua aparência. Ele diz: 'Sou um duque – o último de uma estirpe antiga'. Ele é áspero, desconfiado, dominador, difícil (estou comparando-o com Percival). Ao mesmo tempo ele é formidável, pois há sorriso em seus olhos. Ele me viu. Aqui está ele."

"Ali está Susan", disse Louis. "Ela não nos vê. Não se enfeitou, porque despreza a futilidade de Londres. Posta-se por um instante à porta de vaivém, olhando ao redor como um animal ofuscado pela luz de uma lâmpada. Agora ela se move. Ela tem os movimentos furtivos mas confiantes (mesmo por entre as mesas e cadeiras) de um animal selvagem. Ela parece se guiar por instinto, passando por entre essas pequenas mesas sem bater em ninguém, ignorando os garçons, vindo, entretanto, direto para nossa mesa no canto. Ao nos ver (a Neville, a mim) seu rosto adquire uma certeza que é alarmante, como se tivesse o que almejava. Ser amado por Susan significaria ser empalado pelo bico afiado de um pássaro, ser cravado na porta do celeiro. Contudo há momentos em que certamente preferiria ser atravessado pelo bico de um pássaro, ser cravado na porta de um celeiro de uma vez por todas.

"Rhoda chega agora, de lugar nenhum, tendo entrado furtivamente enquanto não estávamos olhando. Deve ter feito um trajeto tortuoso, escondendo-se ora atrás de um garçom, ora atrás de alguma coluna decorativa, de modo a adiar tanto quanto possível o choque do reconhecimento, de modo a estar segura, por mais um instante, de poder balançar as pétalas em sua bacia. Nós a despertamos. Nós a torturamos. Ela nos teme, nos despreza, mas vem retraída para o nosso lado porque apesar de toda a nossa crueldade há sempre algum nome, algum rosto que espalha uma radiância, que ilumina as calçadas por onde ela passa e lhe permite reabastecer seus sonhos."

"A porta se abre, a porta continua a se abrir", disse Neville, "mas ele não vem."

"Aí está Jinny", disse Susan. "Ela fica parada à porta. Tudo parece suspenso. O garçom se detém. Os clientes da mesa perto da porta olham. Ela parece centralizar tudo; ao seu redor as mesas, os perfis das portas, das janelas, dos forros do teto se irradiam tal como os raios ao redor da fissura no meio de uma vidraça trincada. Ela conduz as coisas a um ponto, à ordem. Agora ela nos vê, e se move, e todos os raios ondulam e fluem e tremulam sobre nós, trazendo novas marés de sensação. Nós nos transformamos. Louis põe a mão na gravata. Neville, que espera sentado com angustiosa intensidade, nervosamente endireita os garfos à sua frente. Rhoda a vê com surpresa, como se uma fogueira ardesse nalgum horizonte distante. E eu, embora abarrote a mente com grama úmida, com campos banhados, com o som da chuva no telhado e as rajadas de vento que castigam a casa no inverno e protegem, assim, a minha alma contra ela, sinto seu escárnio me rondar, sinto seu riso enrolar em mim suas línguas de fogo e iluminar impiedosamente meu vestido surrado, minhas unhas de pontas retas, que eu imediatamente escondo embaixo da toalha."

"Ele não veio", disse Neville. "A porta se abre e ele não vem. Aquele é Bernard. Ao tirar o casaco ele mostra, naturalmente, a camisa azul sob as axilas. E então, ao contrário de todos nós, ele entra sem empurrar nenhuma porta, sem saber que está entrando numa sala cheia de estranhos. Ele não se olha no espelho. Seus cabelos estão desalinhados, mas ele não sabe. Ele não tem nenhuma percepção de que diferimos, ou de que esta mesa é seu destino. Ele hesita ao vir para cá. Quem é aquela pessoa? pergunta-se, uma vez que ele mal distingue uma mulher em casaco de noite. Ele mal distingue qualquer um; ele não distingue ninguém (eu o comparo com Percival). Mas agora, ao nos perceber, ele nos saúda com um benevolente aceno de mão; ele se apressa com uma tal benignidade, com um tal amor pela espécie humana (atravessado pelo humor, dada a futilidade de 'amar a espécie humana') que, se não fosse por Percival, que faz tudo isso virar vapor, pensaríamos, tal como os outros já pensam: Agora é o nosso festival; agora estamos juntos. Mas sem Percival não há nenhuma solidez. Somos silhuetas, fantasmas ocos movendo-nos como bruma sem um pano de fundo."

"A porta de vaivém continua se abrindo", disse Rhoda. "Estranhos continuam chegando, pessoas que nunca mais veremos de novo, pessoas que nos roçam desagradavelmente com sua familiaridade, sua indiferença e a sensação de um mundo que prossegue sem nós. Não podemos afundar, não podemos esquecer nosso rosto. Mesmo eu, que não tenho nenhum rosto, que não faço nenhuma diferença quando entro (Susan e Jinny mudam de corpo e de rosto), flutuo solta, sem ancoradouro, em lugar nenhum, instável, incapaz de compor algum vazio ou continuidade ou muralha contra os quais esses corpos se movem. É por causa de Neville e sua infelicidade. O cáustico hálito de sua infelicidade dispersa meu ser. Nada consegue se estabelecer, nada consegue se assentar. Cada vez que a porta se abre ele olha fixamente para a mesa – ele não ousa erguer os olhos – depois olha por um segundo e diz 'Ele não chegou'. Mas aqui está ele."

"Agora", disse Neville, "minha árvore floresce. Meu coração se eleva. Toda opressão é aliviada. Todo entrave é removido. O reino do caos acabou. Ele impôs a ordem. As facas voltam a cortar."

"Aqui está Percival", disse Jinny. "Ele não está vestido a rigor."

"Aqui está Percival", disse Bernard, "alisando os cabelos, não por vaidade (ele não se olha no espelho), mas para aplacar o deus do decoro. Ele é convencional; ele é um herói. Os menininhos se perfilavam atrás dele ao longo dos campos de jogo. Assoavam o nariz do jeito que ele assoava, mas em vão, porque ele é Percival. Agora, quando está prestes a nos deixar, para ir para a Índia, todas essas miudezas se juntam. Ele é um herói. Oh, sim, isso não se pode negar, e quando ele toma seu assento ao lado de Susan, que ele ama, a celebração atinge o auge. Nós, que uivávamos como chacais mordendo uns os calcanhares dos outros, assumimos agora o ar sóbrio e confiante de soldados na presença de seu capitão. Nós, que estivemos separados por nossa juventude (o mais velho não tem ainda vinte e cinco anos), que chilreamos como impetuosos pássaros cada um seu próprio canto e golpeamos com o desapiedado e selvagem egoísmo dos jovens nossa própria concha de caracol até ela rachar (estou noivo), ou nos empoleirávamos solitários do lado de fora da janela de algum quarto e cantávamos o amor, a fama e outras experiências singulares tão caras ao implume pássaro com um tufo amarelo no bico, agora chegamos mais perto; e ao nos aproximarmos mais, deslizando os pés em nosso poleiro, neste restaurante, onde os interesses individuais estão em desacordo, e o incessante movimento do tráfego nos enerva com sua agitação, e a porta abrindo perpetuamente sua gaiola de vidro nos instiga com uma miríade de tentações e causa injúrias e agravos à nossa confiança – aqui, sentados juntos, nos amamos mutuamente e acreditamos em nossa própria permanência."

"Agora saiamos das trevas da solitude", disse Louis.

"Agora digamos, brutal e diretamente, o que está em nossa mente", disse Neville. "Nosso isolamento, nossa preparação, acabou. Os dias furtivos do secreto e do escondido, as revelações nos degraus da escada, os momentos de terror e de êxtase."

"A velha sra. Constable erguia sua esponja e o calor jorrava sobre nós", disse Bernard. "Ficávamos vestidos com esta mutável, esta sensível vestimenta de carne."

"O engraxate fazia amor na horta com a criada da limpeza das louças", disse Susan, "no meio da roupa lavada toda enfunada."

"O sopro do vento era como um tigre ofegando", disse Rhoda.

"O homem jazia lívido na sarjeta com a garganta cortada", disse Neville. "E ao subir as escadas eu não conseguia erguer o pé do chão em vista da inexorável macieira com suas folhas prateadas ainda rígidas."

"A folha dançava na sebe sem que ninguém a soprasse", disse Jinny.

"No canto torrado pelo sol", disse Louis, "as pétalas nadavam em profundezas de verde."

"Em Elvedon os jardineiros varriam e varriam com suas enormes vassouras, e a mulher sentava-se a uma mesa, escrevendo", disse Bernard.

"Desses novelos de fio bem enrolados nós puxamos agora cada meada", disse Louis, "relembrando o tempo em que nos encontramos."

"E então", disse Bernard, "o carro de aluguel veio até a porta e, baixando com força o chapéu-coco sobre os olhos para esconder nossas lágrimas nada viris, nos fomos pelas ruas nas quais até as criadas olhavam para nós, e nossos nomes pintados em letras brancas em nossos baús proclamavam para o mundo todo que estávamos indo para o colégio com o número regulamentar, dentro de nossos baús, de meias e cuecas, nas quais a mãe de cada um de nós tinha previamente, por algumas noites, bordado as respectivas iniciais. Uma segunda separação do corpo da mãe."

"E a srta. Lambert, a srta. Cutting e a srta. Bard", disse Jinny, "damas monumentais, com rufos brancos, cor de pedra, enigmáticas, com anéis de ametista movendo-se como finos círios virginais, pálidos pirilampos sobre as páginas de francês, geografia e aritmética, presidiam; e havia mapas, painéis de feltro verde e enfiadas de sapatos numa prateleira."

"As sinetas soavam pontualmente", disse Susan, "as criadas brigavam e davam risadinhas. Havia um vaivém das cadeiras em cima do linóleo. Mas de um dos sótãos se tinha uma vista azul, uma vista distante, de um campo intocado pela corrupção desta existência arregimentada, irreal."

"O véu escorregava de nossa cabeça", disse Rhoda. "Segurávamos as flores com suas folhas verdes farfalhando em guirlandas."

"Nós mudamos, tornamo-nos irreconhecíveis", disse Louis. "Expostos a todas essas diferentes luzes, o que tínhamos em nós (pois somos todos tão diferentes) vinha intermitentemente à superfície, em violentos borrões, entremeados por totais vazios, como se algum ácido tivesse caído irregularmente em cima da chapa. Eu era isto, Neville aquilo, Rhoda alguma outra coisa e Bernard também.

"Então as canoas deslizavam por entre os ramos dos salgueiros palidamente coloridos", disse Neville, "e Bernard, avançando com seu jeito descuidado em direção a extensões de verde, em direção a edifícios de fundação muito antiga, estatelou-se no chão, ao meu lado. Num acesso de emoção – os ventos não estavam mais enfurecidos, nem os relâmpagos mais intempestivos – peguei o meu poema, atirei o meu poema, saí batendo a porta."

"Eu, entretanto", disse Louis, "perdendo vocês de vista, sentei-me em meu escritório e arranquei a folhinha do calendário, e anunciei ao mundo dos corretores marítimos, dos comerciantes de cereais e dos atuários que a sexta-feira, dia dez, ou a terça-feira, dia dezoito, tinha alvorecido na cidade de Londres."

"Então", disse Jinny, "Rhoda e eu, apresentadas em vestidos claros, com umas poucas pedras preciosas aninhadas numa corrente de ouro em volta da garganta, saudamo-nos, inclinando, a cabeça, apertamos as mãos e com um sorriso pegamos um sanduíche de uma travessa."

"O tigre saltou e a andorinha mergulhou as asas nas poças escuras do outro lado do mundo", disse Rhoda.

"Mas aqui e agora estamos juntos", disse Bernard. "Reunimo-nos, num momento particular, neste local particular. Fomos trazidos a esta comunhão por alguma emoção profunda, por alguma emoção comum. Devemos chamar isso, por conveniência, de 'amor'? Devemos dizer 'amor por Percival' porque Percival está indo para a Índia?

"Não, este é um nome demasiado pequeno, demasiado particular. Não podemos vincular a extensão e a profundidade de nossos sentimentos a um sinal tão pequeno. Reunimo-nos (vindo do norte, do sul, da fazenda de Susan, da empresa de Louis) para fazer uma única coisa, não duradoura – pois o que é que dura? – mas vista por muitos olhos ao mesmo tempo. Há um cravo vermelho naquele vaso. Uma única flor enquanto nos sentávamos aqui esperando, mas agora uma flor com sete facetas, de muitas pétalas, vermelha, marrom, matizada de púrpura, rígida, com folhas tingidas de prata – uma flor inteira, à qual cada olho traz a própria contribuição."

"Após os caprichosos ardores, o atroz enfado da juventude", disse Neville, "a luz agora cai sobre objetos reais. Eis aqui facas e garfos. O mundo está exposto, e nós também, de modo que podemos conversar."

"Diferimos, talvez demasiado profundamente", disse Louis, "para ser explicado. Mas façamos a tentativa. Alisei o cabelo ao entrar, na esperança de me parecer com o resto de vocês. Mas não consigo, pois não sou único e inteiro como vocês. Já vivi mil vidas. Todo dia desenterro algo – desencavo algo. Encontro, no meio da areia, relíquias de mim mesmo, que as mulheres fizeram há milhares de anos, quando eu ouvia canções à beira do Nilo e o patear das bestas acorrentadas. O que vocês veem a seu lado, este homem, este Louis, não passa de cinzas e restos de algo outrora esplêndido. Fui um príncipe árabe; observem meus gestos desenvoltos. Fui um grande poeta na época de Elizabeth. Fui duque na corte de Luís XIV. Sou muito vaidoso, muito confiante; tenho um imensurável desejo de que as mulheres suspirem em comunhão comigo. Não almocei nada hoje para que Susan possa me achar cadavérico e para que Jinny possa me estender o raro bálsamo de sua compaixão. Mas embora admire Susan e Percival, odeio os outros, pois é por causa deles que cometo esses disparates, alisando meus cabelos, escondendo meu sotaque. Sou o macaquinho que chilreia por uma noz e vocês são as mulheres desalinhadas, com suas lustrosas sacolas, cheias de bolinhos secos; sou também o tigre enjaulado e vocês são os tratadores com barras de ferro em brasa. Ou seja, sou mais feroz e forte que vocês, mas a aparição que surge sobre a superfície após eras de não-ser se consumirá no terror de que vocês possam rir de mim, nas viradas do vento contra as tempestades de fuligem, nos esforços para produzir um anel de aço de límpida poesia que conectará as gaivotas com as mulheres de dentes podres, a agulha da igreja com os reverenciais chapéus-coco tal como os vejo quando faço meu lanche e escoro meu poeta – seria Lucrécio? – numa galheta e no cardápio respingado de molho."

"Mas vocês nunca me odiarão", disse Jinny. "Vocês nunca me veriam, mesmo do outro lado de um salão cheio de cadeiras douradas e de embaixadores, sem deixar de virem até mim, atravessando o salão, em busca de minha piedade. Quando entrei agora mesmo tudo se imobilizou, seguindo um padrão. Os garçons se detiveram, os convivas ergueram o garfo e mantiveram-no suspenso no ar. Eu tinha o aspecto de quem estava preparada para o que ia acontecer. Quando me sentei vocês puseram a mão na gravata, vocês a esconderam sob a mesa. Mas eu não escondo nada. Eu estou preparada. Cada vez que a porta se abre eu grito 'Mais!'. Mas minha imaginação se limita aos corpos. Não posso imaginar nada para além do círculo projetado por meu corpo. Meu corpo vai à minha frente, feito uma lanterna, ao longo de uma viela escura, trazendo uma coisa atrás da outra da escuridão para dentro de um anel de luz. Eu os ofusco; eu os faço acreditarem que isto é tudo."

"Mas quando se detém à porta", disse Neville, "você impõe a imobilidade, exigindo admiração, e isso é um grande impedimento à liberdade de intercurso. Você se detém à porta fazendo com que a notemos. Mas nenhum de vocês me viu chegar. Vim cedo; vim rápida e diretamente para *cá* a fim de me sentar perto da pessoa que amo. Minha vida tem uma rapidez que a de vocês não tem. Sou como um cão de caça farejando a presa. Caço do alvorecer ao crepúsculo. Nada, nem a busca da perfeição no meio da areia, nem a fama, nem o dinheiro, tem sentido para mim. Terei riqueza; terei fama. Mas nunca terei o que quero, pois me falta a graça corporal e a coragem que vem com ela. A rapidez de minha mente é grande demais para o meu corpo. Fracasso antes de alcançar o fim e me estatelo no chão, molhado, talvez repugnante. Provoco, nas crises da vida, a piedade, não o amor. Portanto sofro horrivelmente. Mas não sofro, como faz Louis, para me expor ao ridículo. Tenho uma percepção por demais refinada dos fatos para me permitir esses malabarismos, essas veleidades. Vejo tudo – exceto uma única coisa – com total lucidez. Esta é a minha salvação. Isso é o que dá ao meu sofrimento uma exaltação incessante. Isso é o que me faz dar ordens, mesmo quando estou em silêncio. E uma vez que sou, sob certo aspecto, desorientado, uma vez que a pessoa está sempre mudando, embora não o desejo, e não sei, de manhã, ao lado de quem me sentarei à noite, nunca estou estagnado; me recobro de meus piores desastres, me modifico, me transformo. Os seixos são rebatidos pela armadura de meu musculoso, dilatado corpo. Nesta busca envelhecerei."

"Se pudesse acreditar", disse Rhoda, "que envelheceria na busca e na mudança, eu me libertaria de meu medo: nada persiste. Um momento não leva a outro. A porta se abre e o tigre salta. Vocês não me viram chegar. Contornei as cadeiras para evitar o horror do pulo. Tenho medo de vocês todos. Tenho medo do choque da sensação que salta sobre mim porque não consigo lidar com ele como vocês fazem – não consigo fazer um momento fundir-se no outro. Para mim são todos violentos, são todos separados; e se caio, sob o choque do salto do momento, vocês virão para cima de mim; rasgando-me em pedaços. Não tenho nenhum fim em vista. Não sei como ir de um minuto ao outro e de uma hora à outra, dissolvendo-os por meio de alguma força natural até formarem a massa global e indivisível que vocês chamam de vida. Porque vocês têm um fim em vista – uma pessoa, quem sabe, ao lado da qual se sentar, uma ideia, quem sabe, a beleza, quem sabe? Eu não sei – os dias e as horas de vocês passam tal como passam, para um cão de caça seguindo o rastro, os galhos das árvores e o macio relvado da floresta. Mas não há nenhum rastro em particular, nenhum corpo em particular que eu possa seguir. E não tenho nenhum rosto. Sou como a espuma que corre pela praia ou o luar que cai como uma flecha, aqui sobre uma lata de conserva, lá sobre o cacho do encouraçado cardo-marinho, ou um osso ou um barco carcomido. Sou turbilhonada cavernas adentro, e jogada como uma folha de papel de encontro a corredores sem fim, e tenho que pressionar a mão contra a parede para me trazer de volta.

"Mas como desejo acima de tudo ter uma morada, finjo, ao subir as escadas, arrastando-me atrás de Jinny e Susan, ter um fim em vista. Calço as minhas meias ao vê-las calçando as delas. Espero vocês falarem e então falo como vocês. Sou atraída para cá, para um ponto específico, para um lugar específico, atravessando Londres, não para ver você ou você ou você, mas para acender minha chama na labareda comunal de vocês, que vivem integralmente, indivisivelmente e sem preocupação."

"Quando entrei no salão esta noite", disse Susan, "me detive, esquadrinhei o ambiente como um animal com os olhos rente ao chão. O cheiro dos tapetes e do mobiliário e o perfume me repugnam. Gosto de caminhar sozinha pelos campos molhados ou parar diante de um portão e observar meu perdigueiro farejar em volta, e perguntar: Onde está a lebre? Gosto de estar com pessoas que esmagam ervas entre os dedos, e cospem na lareira, e se arrastam em chinelos pelos longos corredores. As únicas palavras que compreendo são os gritos de amor, ódio, raiva e dor. Esta conversa está despindo uma velha senhora cujo vestido parecera fazer parte dela, mas agora, enquanto conversamos, ela se torna rósea por debaixo, e tem coxas enrugadas e seios caídos. Quando ficamos em silêncio, nos tornamos de novo belos. Nunca terei nada que não seja a felicidade natural. Ela quase me satisfará. Irei cansada para a cama. Ficarei deitada como um campo que dá safras alternadamente; no verão o calor dançará em cima de mim; no inverno ficarei rachada de frio. Mas o calor e o frio se sucederão naturalmente quer queira quer não. Meus filhos me conduzirão; sua dentição, seu choro, sua ida para o colégio e sua volta serão como as ondas do mar sob mim. Nenhum dia ficará sem seu movimento. Serei alçada mais alto do que qualquer um de vocês no dorso das estações. Terei mais posses que Jinny, mais que Rhoda, na hora em que morrer. Mas por outro lado, ali onde vocês são variados e se abrem em sorrisos um milhão de vezes diante das ideias e risadas dos outros, eu serei soturna, sombria e toda púrpura. Serei aviltada e emaciada pela brutal e bela paixão da maternidade. Promoverei sem escrúpulos o sucesso de meus filhos. Odiarei aqueles que veem seus defeitos. Mentirei despudoradamente para ajudá-los. Deixarei que me isolem de você, de você e de você. Além disso, sou atormentada pela inveja. Odeio Jinny porque ela me mostra que minhas mãos são vermelhas, minhas unhas, roídas. Amo com uma ferocidade tal que é capaz de me matar quando o objeto de meu amor revela por uma frase que ele pode fugir. Ele foge, e eu fico só, agarrando-me num cordão que se move para lá e para cá por entre as folhas das copas das árvores. Não compreendo as frases."

"Tivesse eu nascido", disse Bernard, "não sabendo que uma palavra se segue à outra eu poderia ter sido, quem sabe, talvez qualquer coisa. Tal como são as coisas, encontrando sequências em toda parte, não consigo suportar a pressão da solitude. Quando não consigo ver as palavras enroscando-se como anéis de fumaça à minha volta fico às escuras – não sou nada. Quando estou sozinho mergulho num estado de letargia e digo para mim mesmo enquanto empurro as cinzas com o atiçador por entre as grades da lareira: a sra. Moffat virá. Ela virá e limpará tudo. Quando Louis está sozinho ele enxerga com uma intensidade espantosa, e escreverá algumas palavras que podem sobreviver a todos nós. Rhoda ama estar só. Ela nos teme porque despedaçamos a sensação de existir que é tão extrema na solitude – vejam como ela pega o garfo com força – sua arma contra nós. Mas eu só venho à vida quando o encanador, ou o vendedor de cavalos, ou seja lá quem for, diz algo que me inflame. Então como é adorável o fumo de minha frase, subindo e afundando, flutuando e afundando, por sobre as lagostas rubras e as frutas amarelas, entrançando-as numa única beleza. Mas observem quão meretrícia é a frase – feita de não se sabe quais evasivas e velhas mentiras. Assim meu caráter é feito em parte do estímulo que outras pessoas proporcionam, e não é meu, como o de vocês é. Há alguma estria fatal, algum veio errante e irregular de prata, que o debilita. Daí o fato que costumava enfurecer Neville no colégio, que eu o abandonava. Eu saía com os garotos gabolas, com seus bonés e distintivos, partindo em grandes breques – há alguns deles aqui esta noite, jantando juntos, corretamente vestidos, antes de irem em perfeita concórdia para a casa de espetáculos; eu os amava. Pois eles me trazem tão certamente à existência quanto vocês. Daí, também, o fato de que quando estou deixando vocês e o trem está partindo, vocês sentirem que não é o trem que está partindo, mas eu, Bernard, que não se importa, que não sente, que não tem nenhuma passagem e talvez tenha perdido a carteira. Susan, olhando fixamente para o cordão que se move para lá e para cá por entre as folhas das faias, grita: 'Ele foi embora! Ele fugiu de mim!'. Pois não há nada a que se apegar. Faço-me e refaço-me continuamente. Pessoas diferentes arrancam palavras diferentes de mim.

"Assim não há uma mas cinquenta pessoas ao lado das quais quero me sentar esta noite. Mas sou o único dentre todos que se sente em casa aqui sem tomar liberdades. Não sou grosseiro; não sou esnobe. Se me exponho à pressão da sociedade, sou com frequência bem-sucedido, graças à destreza de minha língua em pôr algo difícil em circulação. Vejam meus joguinhos, tramados do nada num segundo, como eles entretêm. Não sou nenhum acumulador – deixarei apenas um armário de roupas velhas quando morrer – e sou quase indiferente às mesquinhas vaidades da vida, que tanto torturam Louis. Mas tenho sacrificado muita coisa. Feito como sou de veios de ferro, de prata e de estrias de reles barro, não consigo contrair a mão até ficar com o punho bem cerrado, como fazem os que não dependem de estímulo. Sou incapaz das recusas, dos heroísmos de Louis e Rhoda. Nunca conseguirei, mesmo em conversa, fazer uma frase perfeita. Mas terei contribuído mais para o instante passageiro do que qualquer um de vocês; entrarei em mais aposentos, em mais aposentos diferentes, do que qualquer um de vocês. Mas porque há algo que vem de fora e não de dentro eu serei esquecido; quando minha voz for silenciada vocês não se lembrarão de mim a não ser como o eco de uma voz que outrora fazia do fruto uma grinalda de frases."

"Vejam", disse Rhoda, "escutem. Vejam como a luz se torna, segundo a segundo, mais rica, e a florescência e a madureza estão por toda parte; e nossos olhos, à medida que percorrem o salão com todas as suas mesas, parecem se enfiar por entre as cortinas coloridas, tingidas de rubro, laranja, ocre e matizes ambíguos, estranhos, que cedem como véus e se fecham atrás deles, e uma coisa se funde na outra."

"Sim", disse Jinny, "nossos sentidos se ampliaram. As membranas, as teias de nervos, que jaziam lívidas e flácidas, se intumesceram e se espalharam e flutuam à nossa volta, como filamentos, tornando o ar tangível e nelas capturando sons longínquos nunca antes ouvidos."

"O troar de Londres", disse Louis, "está à nossa volta. Os carros a motor, as caminhonetes, os ônibus passam e voltam a passar continuamente. Todos se fundem numa única roda giratória de um único som. Todos os sons separados – as rodas, os sinos, os gritos dos bêbados, dos foliões – são mesclados num único som, azul metálico, circular. Então um apito soa. Ao que, as praias se afastam, as chaminés encolhem, o navio sai em direção ao alto-mar."

"Percival está indo embora", disse Neville. "Estamos sentados aqui, cercados, iluminados, multicoloridos; todas as coisas – as mãos, as cortinas, as facas e os garfos, as outras pessoas que estão jantando – esbarram umas nas outras. Estamos emparedados aqui. Mas a Índia fica lá fora."

"Vejo a Índia", disse Bernard. "Vejo a praia rasa, longa; vejo as tortuosas vielas de terra batida que levam para lá e para cá por entre pagodes em ruínas; vejo as construções douradas e guarnecidas de ameias que dão uma aparência de fragilidade e declínio, como se fossem construções provisoriamente erigidas para alguma exposição sobre o Oriente. Vejo uma parelha de bois que puxa uma carreta baixa ao longo da estrada torrada pelo sol. A carreta balança inabilmente de um lado para o outro. Agora uma das rodas fica presa no buraco, e imediatamente uma quantidade inumerável de nativos em tangas se aglomera à sua volta, papagueando animadamente. Mas não fazem nada. O tempo parece interminável, a ambição vã. Sobre todos paira certa sensação da inutilidade do esforço humano. Há odores estranhos, azedos. Um velho numa vala continua a mastigar bétele e a contemplar o umbigo. Mas agora, olhem só, Percival avança; Percival cavalga uma égua infestada de pulgas e um capacete colonial cobre-lhe a cabeça. Aplicando os padrões do Ocidente, usando a linguagem violenta que lhe é natural, o carro de boi é endireitado em menos de cinco minutos. O problema oriental está resolvido. Ele retoma sua cavalgada; a multidão se junta à sua volta, contemplando-o como se ele fosse – o que de fato ele é – um Deus."

"Desconhecido, com ou sem um segredo, não importa", disse Rhoda, "ele é como uma pedra caída numa lagoa em volta da qual pululam vairões. Como vairões, nós que estivemos nos jogando para lá e para cá, nos jogamos todos à sua volta quando ele entrou. Como vairões, conscientes da presença de uma grande pedra, ondulamos e rodopiamos contentemente. O conforto se apodera de nós. O ouro corre em nosso sangue. Um, dois; um, dois; o coração bate com serenidade, com confiança, nalgum transe de bem-estar, nalgum arrebatamento de bondade; e olhem – os confins da terra – as sombras pálidas sobre o horizonte mais extremo, a Índia por exemplo, entram em nosso campo de visão. O mundo que tinha murchado se arredonda; as províncias remotas são arrancadas da escuridão; vemos as estradas lamacentas, as selvas emaranhadas, os magotes de homens e o abutre que se alimenta de alguma carcaça inchada como algo que está ao nosso alcance, como parte de nossa altiva e esplêndida província, uma vez que Percival, cavalgando sozinho uma égua infestada de pulgas, desce uma trilha solitária, arma seu acampamento no meio de árvores desoladas e se senta sozinho, contemplando as enormes montanhas."

"É Percival", disse Louis, "sentando-se em silêncio, tal como se sentava no meio da grama que dava coceiras quando a brisa rasgava as nuvens e elas se refaziam, quem nos torna conscientes de que essas tentativas de dizer 'Sou isto, sou aquilo', que fazemos, quando nos reunimos, como se fôssemos partes separadas de uma só alma e um só corpo, são falsas. Algo foi omitido por medo. Algo foi alterado, por vaidade. Temos tentado acentuar as diferenças. Pelo desejo de sermos distintos, temos enfatizado nossos defeitos e aquilo que é próprio de cada um de nós. Mas por debaixo há uma corrente rodopiando, dando voltas e mais voltas, num círculo azul-metálico."

"É o ódio, é o amor", disse Susan. "Aquele é o impetuoso riacho preto-carvão que nos dá vertigem se olharmos para o fundo. Estamos num ponto firme aqui, mas se olharmos para o fundo tonteamos."

"É o amor", disse Jinny, "é o ódio, como o que Susan sente por mim porque uma vez beijei Louis no jardim; porque preparada como sou, faço-a pensar quando chego: 'Minhas mãos estão vermelhas', escondendo-as. Mas nosso ódio é quase indistinguível de nosso amor."

"Contudo essas águas estrondosas", disse Neville, "sobre as quais construímos nossas absurdas plataformas são mais estáveis que os gritos selvagens, os gritos débeis e inconsequentes que soltamos quando, tentando falar, nos erguemos; quando raciocinamos e despejamos essas palavras falsas: 'Sou isto; sou aquilo!'. A fala é falsa.

"Mas eu como. Perco gradualmente todo o conhecimento dos pormenores quando como. Estou ficando pesado de tanta comida. Esses deliciosos bocados de pato assado, devidamente guarnecidos de vegetais, seguindo-se uns aos outros num maravilhoso rodízio de calor, peso, doce e amargo, passando pelo meu palato, descendo pela minha garganta, chegando ao meu estômago, têm estabilizado meu corpo. Sinto a calma, a gravidade, o controle. Tudo é sólido agora. Instintivamente, meu palato exige e antecipa agora doçura e leveza, algo açucarado e evanescente; e vinho frio, caindo como uma luva sobre os nervos mais delicados, que parecem tremer desde o céu da boca e fazem com que ele se espalhe (à medida que bebo) por uma caverna abobadada, verde de folhas de videira, cheirando a almíscar, roxa de bagos de uva. Agora posso olhar firmemente para a corrente de água do moinho que espuma embaixo. Mas por qual nome específico devemos chamá-la? Deixemos que Rhoda, cujo rosto vejo refletido enevoado no espelho à frente, fale; Rhoda que eu interrompi quando ela balançava suas pétalas numa bacia marrom, perguntando pelo canivete que Bernard roubara. O amor não é um turbilhão para ela. Ela não tem vertigem quando olha para o fundo. Ela olha por sobre nossas cabeças para muito longe, para além da Índia."

"Sim, entre seus ombros, por sobre suas cabeças, para uma paisagem", disse Rhoda, "para um vale onde as íngremes colinas de muitas encostas acabam feito asas de pássaro dobradas. Lá, sobre o baixo e firme relvado, há arbustos de folhas escuras, e contra o pano de fundo dessa escuridão vejo uma forma, branca, mas não de pedra, se mexendo, talvez viva. Mas ela não é você, nem você, nem você; nem Percival, Susan, Jinny, Neville, nem Louis.

Quando o braço branco repousa sobre o joelho ela é um triângulo; agora ela se ergue – uma coluna; agora uma fonte, caindo. Ela não faz nenhum sinal, não acena, não nos vê. Por detrás dela brame o mar. Ela está fora de nosso alcance. Contudo é lá que me aventuro. É lá que vou reabastecer meu vazio, esticar minhas noites e enchê-las mais e mais de sonhos. E por um segundo, até mesmo agora, até mesmo aqui, atinjo meu objetivo e digo: 'Não vagueie mais. Todo o resto é experimentação e faz de conta. Aqui é o fim'. Mas essas peregrinações, esses momentos de partida, começam sempre na presença de vocês, a partir desta mesa, destas luzes, de Percival e Susan, aqui e agora. Vejo sempre o bosque por sobre suas cabeças, por entre seus ombros, ou de uma janela, ao atravessar o salão numa festa e ficar olhando para a rua lá embaixo."

"Mas os chinelos dele?", disse Neville. "E a voz dele lá embaixo no saguão de entrada? E vislumbrá-lo quando ele não nos vê? Esperamos e ele não vem. Está ficando cada vez mais tarde. Ele se esqueceu. Está com alguma outra pessoa. Ele é infiel, seu amor não significa nada. Oh, então a agonia – então o intolerável desespero! E então a porta se abre. Ei-lo aqui."

"Ondulando dourada, digo-lhe: 'Vem'", disse Jinny. "E ele vem; ele atravessa o salão e vem até onde estou sentada na cadeira dourada, com meu vestido flutuando à minha volta como um véu. Nossas mãos se tocam, nossos corpos irrompem em chamas. A cadeira, a xícara, a mesa – nada fica apagado. Tudo vibra, tudo reluz, tudo arde límpido."

("Olhe, Rhoda", disse Louis, "eles se tornaram noturnos, arrebatados. Seus olhos são como asas de mariposa que batem tão ligeiro que parecem simplesmente não se moverem."

"As trompas e os trompetes", disse Rhoda, "retumbam. As folhas se desdobram; os cervos bramem no matagal. Há um dançar e um rufar de tambores, como o dançar e o rufar de tambores dos homens nus com suas azagaias."

"Como a dança dos selvagens", disse Louis, "ao redor da fogueira. Eles são selvagens; eles são implacáveis. Eles dançam em círculo, sacudindo bexigas. As chamas saltam sobre seus rostos pintados, sobre as peles de leopardo e os membros sangrentos que arrancaram do corpo ainda vivo."

"As chamas do festival alcançam as alturas", disse Rhoda. "A grande procissão passa, atirando galhos verdes e ramos floridos. Seus cornos expelem uma fumaça azul; suas peles ficam sarapintadas de vermelho e amarelo à luz do archote. Eles jogam violetas. Eles adornam a amada com guirlandas e com folhas de louro, lá no círculo de relva em que se precipitam as colinas de íngremes encostas. A procissão passa. E enquanto ela passa, Louis, tomamos consciência da queda, pressentimos a decadência. A sombra se torna oblíqua. Nós, que somos conspiradores, afastando-nos juntos para nos inclinar sobre algum vaso frio, vemos como a chama púrpura escorre para baixo."

"A morte está entrelaçada com as violetas", disse Louis. "A morte e ainda a morte.")

"Com que orgulho nos sentamos aqui", disse Jinny, "nós que ainda não temos vinte e cinco anos! Lá fora as árvores florescem; lá fora as mulheres se demoram; lá fora os carros de aluguel passam velozes dando guinadas. Tendo emergido das hesitações, das incertezas e dos deslumbramentos da juventude, olhamos reto à nossa frente, prontos para o que possa vir (a porta se abre, a porta continua se abrindo). Tudo é real; tudo é firme, sem sombra nem ilusão. A beleza ressalta de nossa fronte. Há a minha, há a de Susan. Nossa carne é firme e fresca. Nossas diferenças são nítidas como as sombras das rochas a sol pleno. Ao nosso lado há pãezinhos crocantes, glaçados de amarelo e firmes; a toalha de mesa é branca; e nossas mãos estão meio recurvadas, prontas a se fecharem. Dias e dias estão por vir; dias de inverno, dias de verão; mal e mal começamos a nos apoderar de nosso tesouro. Agora o fruto está inchado por sob a folha. A sala está dourada, e eu digo a ele: 'Vem'."

"Ele tem orelhas vermelhas", disse Louis, "e o cheiro de carne pende de uma rede úmida enquanto os escriturários da cidade saboreiam petiscos no bar do restaurante."

"Com tempo infinito diante de nós", disse Neville, "nos perguntamos o que faremos? Andaremos à toa pela Bond Street, olhando aqui e ali, e comprando quem sabe uma caneta-tinteiro porque ela é verde, ou perguntando quanto custa o anel com a pedra preciosa azul? Ou ficaremos sentados dentro de casa observando os pedaços de carvão se tornarem carmesim? Estenderemos a mão para pegar um livro e leremos uma passagem aqui e outra ali? Riremos às gargalhadas sem motivo algum? Iremos pelas campinas em flor e faremos guirlandas de margaridas? Descobriremos quando parte o próximo trem para as Hébridas e reservaremos uma cabine privada? Tudo está por vir."

"Para vocês", disse Bernard, "mas ontem esbarrei numa caixa de coleta do correio na rua. Ontem fiquei noivo."

"Como são estranhos", disse Susan, "os montinhos de açúcar ao lado de nossos pratos. Igualmente as cascas de pera cobertas de pintinhas e as bordas felpudas dos espelhos. Não tinha visto isso antes. Tudo está estabelecido agora; tudo está fixado. Bernard está noivo. Algo irrevogável se passou. Um círculo foi lançado nas águas; uma corrente é imposta. Nunca mais fluiremos livremente."

"Apenas por um instante", disse Louis. "Antes que a corrente se rompa, antes que a desordem retorne, vejam-nos fixados, vejam-nos expostos, vejam-nos arrochados num torno.

"Mas agora o círculo se rompe. Agora o curso d'água flui. Agora nos arrojamos mais rápido que antes. Agora as paixões, que repousavam à espera lá embaixo, nas ervas escuras que crescem no fundo, vêm à tona e nos fustigam com suas ondas. Dor e ciúme, inveja e desejo, e algo ainda mais profundo, algo mais forte que o amor e mais subterrâneo. A voz da ação fala. Ouça, Rhoda (pois somos conspiradores, com nossas mãos sobre o vaso frio), a voz fortuita, ágil, excitante da ação, de cães de caça farejando a presa. Falam agora sem se darem ao trabalho de terminar suas sentenças. Conversam numa língua breve como a que utilizam os amantes. Um bruto imperioso se apodera delas. Os nervos tremem nas coxas. O coração dispara e lateja no lado do peito. Susan torce o lenço. Os olhos de Jinny dançam afogueados."

"Elas estão imunes", disse Rhoda, "a dedos intrometidos e a olhos bisbilhoteiros. Quão facilmente elas se viram e olham em volta; que poses de energia e orgulho elas assumem! Que vida brilha nos olhos de Jinny; quão impiedoso, quão íntegro é o olhar de Susan, buscando por insetos junto às raízes! Seus cabelos brilham lustrosos. Seus olhos queimam como os olhos dos animais correndo por entre as folhas no rastro da presa. O círculo está destruído. Somos dispersados."

"Mas cedo, demasiado cedo", disse Bernard, "essa exultação egoística fracassa. Demasiado cedo o instante da voraz identidade chega ao fim, e o apetite por felicidade, e felicidade, e ainda mais felicidade é satisfeito. A pedra afunda; o instante acaba. À minha volta se espraia uma larga margem de indiferença. Agora brotam em meus olhos mil olhos de curiosidade. Qualquer um agora está livre para assassinar Bernard, que está noivo, desde que deixem intocada esta margem de território ignoto, esta floresta do mundo ignoto. Por que, pergunto (sussurrando discretamente), aquelas mulheres ali jantam juntas sozinhas? Quem são elas? E o que as trouxe a esta noite particular, a este local particular? O jovem no canto, a julgar pelo jeito nervoso com que de tempos em tempos põe a mão na nuca, é do interior. Ele é um choramingas, e está tão ansioso por responder apropriadamente à gentileza do amigo do pai, seu anfitrião, que mal saboreia agora o que irá saborear muitíssimo amanhã de manhã por volta das onze e meia. Também vi aquela dama empoar o nariz três vezes no meio de uma absorvente conversa – sobre o amor, talvez, sobre a infelicidade de sua amiga mais querida, talvez. 'Ah, mas em que estado está o meu nariz!', pensa ela, e eis que surge seu pompom, eliminando em sua passagem todos os sentimentos mais ardentes do coração humano. Resta, entretanto, o insolúvel problema do homem solitário com seu monóculo; da dama idosa tomando champanhe sozinha. Quem são e o que são, pergunto-me, essas pessoas desconhecidas? Poderia inventar uma dezena de histórias a partir do que ele disse, a partir do que ela disse – posso antever uma dúzia de cenários. Mas que coisa são as histórias? Joguinhos que tramo, bolhas que sopro, um anel passando pelo outro. E às vezes começo a duvidar que haja histórias. Qual é a minha história? Qual é a de Rhoda? Qual é a de Neville? Há fatos, como, por exemplo: 'O belo jovem em terno cinza, cuja reserva contrastava tão estranhamente com a loquacidade dos outros, agora tirava os farelos do colete e, com um gesto característico, ao mesmo tempo imperioso e afável, fez um sinal para o garçom, que veio imediatamente e logo voltou com a conta discretamente dobrada numa bandeja'. Essa é a verdade; esse é o fato, mas para além disso, tudo é treva e conjectura."

"Agora uma vez mais", disse Louis, "estando prestes a nos separar, após termos pagado a conta, o círculo em nosso sangue, tão frequentemente, tão agudamente rompido, pois somos tão diferentes, se fecha num anel. Algo se produz. Sim, ao nos levantarmos e nos remexermos, um tanto nervosamente, nós oramos, segurando em nossas mãos este sentimento comum: 'Não se movam, não deixem a porta de vaivém cortar em pedaços a coisa que produzimos, que se engloba aqui, por entre estas luzes, estas cascas, esta desordem de farelos de pão e de gente passando. Não se movam, não vão embora. Segurem-no para sempre'."

"Seguremo-lo por um momento", disse Jinny; "o amor, o ódio, seja lá qual for o nome que lhe dermos, este globo cujas paredes são feitas de Percival, de juventude e beleza, e algo tão profundamente submerso dentro de nós que talvez não devamos nunca mais forjar este momento a partir de um único homem."

"Florestas e países distantes do outro lado do mundo", disse Rhoda, "estão aí contidos; mares e selvas; os uivos dos chacais e a luz da lua caindo sobre algum pico elevado onde a águia plana."

"A felicidade está aí contida", disse Neville, "e a quietude das coisas ordinárias. Uma mesa, uma cadeira, um livro com uma espátula enfiada entre as páginas. E a pétala caindo da rosa, e a luz tremulando enquanto nos sentamos silenciosos ou, talvez, lembrando-nos de alguma ninharia, de repente nos pomos a falar."

"Os dias da semana estão aí contidos", disse Susan, "segunda, terça, quarta; os cavalos indo para os campos, e os cavalos voltando; as gralhas subindo e descendo, e apanhando os elmos em sua rede, quer seja abril, quer seja novembro."

"O que está por vir está aí contido", disse Bernard. "Esta é a última gota, e a mais brilhante, que deixamos cair, como algum mercúrio celestial, no inflado e esplêndido instante criado por nós, graças a Percival. O que está por vir, pergunto tirando os farelos do colete, o que há lá fora? Provamos, aqui sentados comendo, aqui sentados conversando, que somos capazes de contribuir para o cofre de instantes. Não somos escravos sujeitos a suportar incessantemente golpes leves e sem marcas em nossas curvadas costas. Tampouco somos cordeiros que seguem um dono. Somos criadores. Nós também fizemos algo que se juntará às inumeráveis coleções do passado. Nós também, ao pormos o chapéu e abrirmos a porta, vamos dar, não no caos, mas num mundo que nossa própria força pode subjugar e tornar parte da estrada iluminada e sempiterna.

"Observe, Percival, enquanto eles conseguem o carro de praça, o panorama que você está prestes a perder. A rua está firme e polida graças à agitação de inumeráveis rodas. O dossel amarelo de nossa estupenda energia pende como uma roupa em chamas sobre nossas cabeças. Os teatros, as casas de espetáculos e as lâmpadas das casas privadas produzem essa luz."

"Nuvens pontudas", disse Rhoda, "velejam sobre um céu escuro feito barbatana de baleia polida."

"Agora a agonia começa, agora o horror me agarrou com suas presas", disse Neville. "Agora o carro de aluguel chega; agora Percival vai embora. O que podemos fazer para conservá-lo? Como cobrir a distância entre nós? Como atiçar o fogo para que arda para sempre? Como sinalizar para os tempos vindouros que nós, que estamos aqui na rua, sob a luz das lâmpadas, amávamos Percival? Agora Percival se foi."

O sol se levantara em sua plenitude. Não era mais apenas entrevisto e adivinhado por indícios e vislumbres, como se uma garota reclinada em seu colchão de água verde do mar tivesse a fronte enfeitada com joias de globos de água que disparassem lanças de uma luz tingida de opala que caíam e lampejavam no ar incerto como os flancos de um golfinho saltando ou o clarão de uma lâmina caindo. Agora o sol ardia impiedosa, inegavelmente. Batia na areia firme, e as rochas se transformavam em fornalhas de carvão em brasa; buscava cada poça e surpreendia o vairão escondido nalguma fenda, e revelava a roda enferrujada da carreta, o osso branco, ou a bota sem cordões, preta como carvão, enfiada na areia. Dava a todas as coisas a medida exata de cor; às dunas sua incalculável cintilação, às ervas selvagens seu verde reluzente; ou caía sobre a árida vastidão do deserto, aqui forçado pelo chicote do vento a enveredar pelos sulcos, ali impelido em direção a desolados montes de pedras, acolá sarapintado das raquíticas árvores verde-escuro da selva. Iluminava a lisa e dourada mesquita, as frágeis casas de papelão rosa e branco do vilarejo meridional e as mulheres de cabelo branco e peitos caídos ajoelhadas no leito do rio batendo nas pedras as roupas amarrotadas. Os navios a vapor que avançavam lenta e ruidosamente sobre as águas do mar eram surpreendidos pelo olhar fixo e horizontal do sol, que atravessava os toldos amarelos e caía sobre os passageiros que dormitavam ou passeavam pelo convés, cobrindo os olhos com as mãos em busca da terra, enquanto dia após dia, comprimido em seus palpitantes e oleosos costados, o navio os transportava monotonamente sobre as águas.

O sol batia nos apinhados pináculos das colinas meridionais e refulgia nos profundos pedregosos leitos do rio onde a água escasseava sob a elevada ponte pênsil, de modo que as lavadeiras ajoelhadas em cima das pedras quentes mal conseguiam molhar suas roupas brancas; e as magras mulas pisavam inseguras por entre as trepidantes pedras cinza com seus cestos de vime pendurados por sobre o lombo estreito. Ao meio-dia o calor do sol deixava as colinas cinzentas como se elas tivessem sido raspadas e chamuscadas numa explosão, enquanto, mais para o norte, em regiões mais nubladas e chuvosas, as colinas convertidas em placas como que aplainadas pelas costas de uma pá tinham no interior uma luz como se um zelador, em suas entranhas, fosse de aposento em aposento carregando uma lâmpada verde. Atravessando os átomos de ar azul-cinzento o sol batia nos campos ingleses e iluminava os pântanos e as poças, uma gaivota azul em cima dum mourão, o lento velejar das sombras por sobre os bosques de copas achatadas e o trigo novo e os ondulantes campos de feno. Batia no muro do pomar, e cada fenda e cada grão do tijolo ficava revestido de prata, de púrpura, de rubro, como se fosse macio ao toque, como se tocado devesse se derreter em grãos abrasados de pó. As groselhas pendiam do muro em ondas e cascatas de um vermelho reluzente; as ameixeiras inflavam suas folhas, e todas as lâminas da grama se fundiam numa única e fluida labareda verde. A sombra das árvores se reduzia a uma poça escura junto à raiz. A luz, descendo em torrentes, dissolvia a folhagem dispersa num só montículo verde.

Os pássaros cantavam canções apaixonadas, endereçadas a um único ouvido, e então paravam. Chilreando e pipilando, levavam pedacinhos de palha e graveto para os nós escuros dos ramos mais altos das árvores. Dourados e purpurados, empoleiravam-se no jardim onde cachos de laburno e lilás balançavam coloridos de ouro e púrpura, pois agora ao meio-dia o jardim era todo florescência e profusão e até os túneis por sob as plantas se tornavam verde e púrpura e trigueiro à medida que o sol passava através da pétala vermelha, ou da larga pétala amarela, ou era obstruído por algum talo verde densamente peludo.

O sol batia direto na casa, fazendo reluzirem as paredes brancas entre as janelas escuras. As vidraças, densamente tecidas com ramos verdes, abrigavam círculos de uma escuridão impenetrável. Aguçadas arestas de luz se assentavam no peitoril da janela e revelavam dentro do aposento pratos de bordas azuis, xícaras com asas curvadas, o bojo de uma tigela grande, o padrão entrecruzado do tapete e os formidáveis cantos e contornos dos armários e das estantes de livros. Por detrás desse conglomerado pendia uma zona de sombra na qual podia haver mais uma forma a ser desembaraçada da sombra ou abismos ainda mais densos de escuridão.

As ondas quebravam e rapidamente estendiam suas águas sobre a praia. Uma após a outra se avolumavam e caíam; a espuma se jogava de volta com a energia da queda. As ondas estavam impregnadas de um azul profundo exceto por um padrão de luz em forma de diamante no dorso que se encrespava tal como se encrespam os músculos do lombo dos cavalos grandes ao se moverem. As ondas caíam; recolhiam-se e caíam novamente, como o estrondo de uma grande besta pateando o chão.

"Ele está morto", disse Neville. "Ele caiu. Seu cavalo tropeçou. Ele foi atirado ao chão. O velame do mundo girou e me atingiu na cabeça. Está tudo acabado. As luzes do mundo se apagaram. Ali está a árvore pela qual não consigo passar.

"Oh, amassar este telegrama nos dedos – deixar a luz do mundo refluir – dizer que isso não aconteceu! Mas por que balançar a cabeça de um lado para o outro? Esta é a verdade. Este é o fato. Seu cavalo pisou em falso; ele foi atirado ao chão. As árvores flamejantes e as grades brancas subiram num jorro. Houve um vagalhão; um rufar em seus ouvidos. E então o baque; o mundo despencou; ele respirou pesadamente. Morreu onde caiu.

"Os celeiros e os dias de verão no campo, as salas onde nos sentávamos – tudo agora jaz no mundo irreal que desapareceu. Meu passado é amputado de mim. Eles vieram correndo. Carregaram-no para algum pavilhão, os homens em botas de montaria, os homens em capacetes coloniais; entre homens desconhecidos ele morreu. A solidão e o silêncio com frequência o rodeavam. Com frequência ele me abandonava. E então, quando ele voltava, 'Vejam, aí vem ele!', dizia eu.

"As mulheres passam pela janela arrastando os pés como se não houvesse nenhuma fossa aberta na rua; nenhuma árvore de folhas rígidas que não conseguimos ultrapassar. Merecemos, pois, tropeçar nos montículos feitos pelas toupeiras. Somos infinitamente abjetos ao transpô-los arrastando os pés e com os olhos fechados. Mas por que devo me submeter? Por que tentar erguer os pés e subir a escada? Este é o lugar em que fico; aqui, segurando o telegrama. O passado, os dias de verão e as salas onde nos sentávamos flutuam ao sabor do vento como um papel em chamas cravejado de olhos rubros. Para que marcar encontros e recomeçar? Para que conversar e comer e fazer outras combinações com outras pessoas? A partir deste instante sou um solitário. Ninguém me conhecerá agora. Tenho três cartas, 'estou indo jogar argolas com um coronel, então basta', assim ele termina nossa amizade, abrindo caminho a cotoveladas pelo meio da multidão. Esta farsa não merece mais nenhuma celebração formal. Contudo se alguém ao menos tivesse dito: 'Espere'; tivesse ajustado a correia três furos mais apertada – ele teria feito justiça por cinquenta anos e ocupado uma cadeira no tribunal e cavalgado sozinho à frente das tropas e denunciado alguma tirania monstruosa e voltado para nós.

"Agora digo que há um esgar, há um subterfúgio. Há algo zombando às nossas costas. Aquele garoto quase pisou em falso ao subir no ônibus. Percival caiu; foi morto; está enterrado; e eu vejo as pessoas passando; agarrando firme as barras dos ônibus; determinadas a preservarem sua vida.

"Não erguerei o pé para subir a escada. Ficarei parado por um instante debaixo da árvore implacável, sozinho com o homem cuja garganta está cortada, enquanto lá embaixo a cozinheira abre e fecha os registros da chaminé. Não subirei a escada. Estamos condenados, todos nós. As mulheres passam arrastando os pés com bolsas de feira. As pessoas continuam passando. Contudo você não me destruirá. Por este instante, este único instante, estamos juntos. Aperto-a contra mim. Venha, oh, dor, alimente-se de mim. Enterre suas presas em minha carne. Faça-me em pedaços. Soluço, soluço."

"Tal é a incompreensível combinação", disse Bernard, "tal é a complexidade das coisas que, ao descer as escadas, não sei qual é a tristeza, qual é a alegria. Meu filho nasceu; Percival morreu. Sou sustentado por colunas, escorado dos dois lados por fortes emoções; mas qual é a tristeza, qual é a alegria? Pergunto-me, e não sei a resposta, apenas que preciso de silêncio, e ficar sozinho e sair, e reservar uma hora para meditar sobre o que aconteceu ao meu mundo, o que a morte fez ao meu mundo.

"Este é, pois, o mundo que Percival não vê mais. Deixem-me dar uma olhada. O açougueiro entrega carne na casa ao lado; dois velhos passam cambaleando pela calçada; os pardais pousam. A máquina põe-se então a trabalhar; observo o ritmo, a pulsação, mas como uma coisa da qual não faço parte, dado que ele não a vê mais. (Ele jaz, pálido e enfaixado, em alguma sala.) Agora é pois minha chance de descobrir qual coisa é de máxima importância, e preciso tomar cuidado, e não contar nenhuma mentira. Ao redor dele meu sentimento girava: ele se sentava ali no centro. Agora não vou mais ali. O lugar está vazio.

"Oh, sim, posso lhes assegurar, homens em chapéu de feltro e mulheres com cestas nas mãos – vocês perderam algo que lhes teria sido muito valioso. Perderam um líder que vocês teriam seguido; e uma de vocês perdeu a felicidade e os filhos. Está morto aquele que lhes teria dado isso. Ele está numa cama de campanha, enfaixado, nalgum hospital indiano abafado, enquanto serviçais agachados no chão abanam aqueles leques – esqueço como eles os chamam. Mas isto é que é importante; 'Você está livre disso', dizia eu, enquanto os pombos desciam sobre os telhados e meu filho nascia, como se fosse um fato. Lembro-me, quando garoto, de seu curioso jeito desligado. E vou adiante para dizer (meus olhos se enchem de lágrimas e depois secam): 'Mas isto é melhor do que se ousaria esperar'. Digo, dirigindo-me ao que é abstrato, encarando-me, sem olhos, do céu, no fim da avenida: 'Este é o melhor que você pode fazer?'. Então nós triunfamos. Você fez o melhor que podia, digo, dirigindo-me em vão ao rosto vazio e brutal (pois ele tinha vinte e cinco anos e deveria ter vivido até os oitenta). Não vou ficar deitado e viver em lágrimas uma vida de preocupações. (Uma anotação a ser feita na minha caderneta; desprezo pelos que infligem morte insensata.) Ademais, isto é importante; que eu deveria ser capaz de pô-lo em situações frívolas e ridículas, de modo que ele não se sentisse grotesco, encarapitado num enorme cavalo. Devo ser capaz de dizer: 'Percival, um nome ridículo'. Ao mesmo tempo, deixem-me dizer-lhes, homens e mulheres que se apressam para chegar à estação do metrô, vocês deveriam tê-lo respeitado. Deveriam ter entrado em forma e tê-lo seguido. Quão estranho é abrir caminho às braçadas por entre a multidão, vendo a vida através de olhos ocos, de olhos flamejantes.

"Contudo já surgem sinais, acenos, tentativas de me atrair de volta. A curiosidade é neutralizada apenas por um breve espaço de tempo. Não se consegue viver fora da máquina por talvez mais de meia hora. Os corpos, observo, já começam a parecer ordinários; mas o que está por detrás deles difere – a perspectiva. Por detrás daquele cartaz de um jornal diário está o hospital; o quarto comprido, com os homens negros puxando cordas; e então eles o enterram. Contudo como o cartaz diz que uma famosa atriz se divorciou, imediatamente pergunto: Qual? Contudo não consigo encontrar minha moedinha; não consigo comprar um exemplar; ainda não consigo sofrer qualquer interrupção.

"Pergunto-me, se nunca mais vou novamente vê-lo e fixar os meus olhos naquela solidez, que forma nossa comunicação assumirá? Você atravessou o pátio, distanciando-se cada vez mais, tornando cada vez mais tênue o vínculo entre nós. Mas você existe em algum lugar. Algo de você permanece. Um juiz. Quer dizer, se descobrir uma nova veia em mim a submeterei à sua opinião em particular. Perguntarei: Qual é o seu veredito? Você continuará sendo o árbitro. Mas por quanto tempo? As coisas se tornarão demasiadamente difíceis de explicar: haverá novidades; meu filho, desde já. Estou agora no zênite de uma experiência. Ela declinará. Já não exclamo mais com convicção: 'Que sorte!'. A exaltação, o voo das pombas descendo, acabou. O caos, o detalhe retornam. Não fico mais maravilhado por nomes escritos nas vitrines. Não especulo: Por que se apressar? Por que pegar trens? A sequência retorna; uma coisa leva à outra – a ordem costumeira.

"Sim, mas ainda me ressinto da ordem costumeira. Ainda não me permitirei ser obrigado a aceitar a sequência das coisas. Caminharei; não mudarei o ritmo da minha mente com paradas, com olhadelas; caminharei. Subirei estes degraus até a galeria e me submeterei à influência de mentes fora da sequência como a minha. Resta pouco tempo para responder a questão; minhas forças esmorecem; fico entorpecido. Eis aqui as pinturas. Eis aqui as frias madonas entre suas colunas. Que elas ponham em repouso a atividade do olho da mente, a cabeça enfaixada, os homens com as cordas, de modo que eu possa encontrar algo não-visual embaixo. Eis aqui os jardins; e Vênus entre suas flores; eis aqui os santos e as madonas azuis. Misericordiosamente essas pinturas não fazem nenhuma alusão; elas nada sugerem; elas nada indicam. Elas expandem, assim, a consciência que tenho dele e trazem-no de volta para mim de um modo diferente. Lembro-me de sua beleza. 'Vejam, aí vem ele!', dizia eu.

"As linhas e as cores quase me persuadem de que também eu posso ser heroico, eu, que faço frases tão facilmente, que sou prontamente seduzido, que amo o que está por vir e que não consigo cerrar o punho, mas vacilo levemente fazendo frases de acordo com as minhas circunstâncias. Agora, graças à minha própria fraqueza, restabeleço o que ele era para mim: meu oposto. Sendo naturalmente honesto, ele não via o propósito desses exageros e era movido por uma percepção natural do que era apropriado, era, na verdade, um grande mestre da arte de viver, de modo que ele parece ter vivido muito e ter espalhado a calma à sua volta, a indiferença, quase se poderia dizer, certamente com vistas ao seu próprio progresso, salvo pelo fato de que ele também tinha uma grande compaixão. Uma criança brincando – uma tarde de verão – as portas vão se abrir e fechar, vão continuar se abrindo e fechando, portas através das quais vejo cenas que me fazem chorar. Pois elas não podem ser compartilhadas. Daí a nossa solitude; daí a nossa desolação. Volto-me para aquele local em minha mente e o encontro vazio. Minhas próprias fraquezas me oprimem. Ele não está mais aqui para se contrapor a elas.

"Olhem, então, para a madona azul estriada de lágrimas. Este é o meu ofício fúnebre. Não temos nenhuma cerimônia, apenas lamentações privadas e nenhuma conclusão, apenas sensações violentas, uma separada da outra. Nada do que foi dito se aplica ao nosso caso. Sentamo-nos na sala italiana da National Gallery recolhendo fragmentos. Duvido que Ticiano tenha alguma vez sentido esse rato roer. Os pintores vivem vidas de absorção metódica, adicionando uma pincelada em cima da outra. Não são como os poetas – bodes expiatórios; não estão acorrentados ao rochedo. Daí o silêncio, a sublimidade. Contudo aquele carmesim deve ter ardido na garganta de Ticiano. Sem dúvida, ele se ergueu, com os grandes braços segurando a cornucópia, e caiu, naquela descida. Mas o silêncio me pesa – o perpétuo apelo do olho. A pressão é intermitente e amortecida. Distingo muito pouco e muito vagamente. A campainha é pressionada e eu não produzo nenhum som ou então emito clamores de todo dissonantes. Sou desmesuradamente estimulado por algum esplendor; o carmesim pregueado junto ao forro verde; a marcha das colunas; a luz laranja por detrás das negras orelhas em pé das oliveiras. Flechas de sensação disparam da minha espinha, mas desordenadamente.

"Contudo alguma coisa é acrescentada à minha interpretação. Alguma coisa jaz profundamente enterrada. Por um instante pensei em arrancá-la. Mas enterrem-na, enterrem-na; deixem que germine, escondida nas profundezas de minha mente para algum dia frutificar. Após uma longa vida, livremente, num momento de revelação, posso pôr as mãos nela, mas agora a ideia se rompe em minhas mãos. Para cada mil ideias que se rompem há apenas uma que se engloba num todo. Elas se rompem; elas caem em cima de mim. 'Linhas e cores, elas sobrevivem, entretanto...'

"Estou bocejando. Estou farto de sensações. Estou exausto pela tensão e pelo longo, longo tempo – vinte e cinco minutos, meia hora – em que me mantive sozinho fora da máquina. Fico entorpecido; fico enrijecido. Como darei cabo deste entorpecimento que desonra meu empático coração? Há outros sofrendo – multidões de pessoas sofrendo. Neville sofre. Ele amava Percival. Mas não consigo mais suportar extremismos; quero alguém com quem rir, com quem bocejar, com quem relembrar como ele coçava a cabeça; alguém com quem ele ficava à vontade e de quem gostava (não Susan, que ele amava, mas de preferência Jinny). No quarto dela eu poderia também fazer penitência. Poderia perguntar: Ele lhe contou como eu me recusei quando me convidou para ir a Hampton Court naquele dia? Esses são os pensamentos que me despertarão num salto angustiado, no meio da noite – os crimes pelos quais se faria penitência em todos os mercados do mundo com a cabeça descoberta; por não ter ido a Hampton Court naquele dia.

"Mas agora quero a vida à minha volta, e os livros e os pequenos adornos, e os sons habituais dos comerciantes sobre os quais eu possa repousar a cabeça depois de todo este esgotamento e fechar os olhos após esta revelação. Descerei, então, imediatamente, as escadas e farei sinal para o primeiro carro de praça e irei até a casa de Jinny."

"Ali está a poça", disse Rhoda, "e não consigo atravessá-la. Ouço o girar do grande esmeril a três dedos de minha cabeça. O vento que ele faz zune em meu rosto. Todas as formas palpáveis de vida se me esvaíram. A menos que possa me esticar para segurar em algo duro, serei soprada pelos eternos corredores abaixo para sempre. O que, então, posso segurar? Qual tijolo, qual pedra? e assim me transportar em segurança através do enorme fosso até o meu corpo?

"Agora a sombra baixou e a luz púrpura cai inclinada. A figura que trajava beleza agora está vestida em ruínas. A figura que se postava no bosque, ao sopé das colinas íngremes, cai em ruínas, como lhes contei quando disseram que adoravam a voz dele nas escadas, e seus sapatos velhos e os momentos passados juntos.

"Agora caminharei pela Oxford Street contemplando um mundo fendido por um raio; verei carvalhos partidos e avermelhados no ponto em que o ramo florido caiu. Irei até a Oxford Street comprar meias para uma festa. Farei as coisas de sempre sob o lampejo do raio. Na terra nua vou colher violetas e delas fazer um buquê e oferecê-las a Percival, algo dado a ele por mim. Agora olhem o que Percival me deu. Olhem a rua, agora que Percival está morto. As casas estão fragilmente alicerçadas, podendo ser derrubadas por uma aragem qualquer. Temerários e imprevisíveis, os carros correm e roncam e, como sabujos, nos perseguem até a morte. Estou só num mundo hostil. O rosto humano é horrendo. Isto é do meu agrado. Quero notoriedade e violência e ser arremessada sobre os rochedos como uma pedra. Gosto das chaminés das fábricas e dos guindastes e dos caminhões. Gosto da passagem de um rosto e de um rosto e de um rosto, deformados, indiferentes. Estou farta da beleza; estou farta da privacidade. Navego por águas encrespadas e afundarei sem ninguém para me salvar.

"Percival, com sua morte, me deu este presente, revelou este terror, me deixou para sofrer esta humilhação – rostos e rostos, servidos como pratos de sopa por ajudantes de cozinha; brutos, vorazes, negligentes; espiando as vitrines com pacotes pendurados; olhando cobiçosos, esbarrando, destruindo tudo, conspurcando inclusive nosso amor, tocado agora por seus dedos sujos.

"Aqui está a loja onde vendem meias. E eu poderia acreditar que a beleza se põe uma vez mais a fluir. Seu murmúrio desce por estes corredores, atravessa estas rendas, sussurrando por entre as cestas de fitas coloridas. Há, então, cálidos ocos, escavados no âmago do alvoroço; alcovas de silêncio, onde podemos nos proteger, sob as asas da beleza, da verdade que desejo. A dor é sustada quando uma garota silenciosamente abre uma gaveta. E, então, ela fala; sua voz me desperta. Atiro-me ao fundo no meio das algas e vejo a inveja, o ciúme, o ódio e o despeito se apressarem como caranguejos sobre a areia enquanto ela fala. Estes são os nossos companheiros. Vou pagar a conta e pegar meu pacote.

"Esta é a Oxford Street. Eis aqui o ódio, a inveja, a pressa e a indiferença imersos na escuma da selvagem similitude da vida. Estes são os nossos companheiros. Considerem os amigos com os quais nos sentamos e comemos. Penso em Louis, lendo a coluna esportiva de um jornal vespertino, temeroso do ridículo; um esnobe. Ele diz, observando as pessoas que passam, que se o seguirmos ele nos guiará. Se nos submetermos ele nos reconduzirá à ordem. Assim ele abrandará a morte de Percival ao seu gosto, fitando por sobre o galheteiro, para além das casas, o céu. Bernard, por sua vez, se afunda, os olhos vermelhos, em alguma poltrona. Ele puxará sua caderneta; sob M, ele escreverá 'Frases a serem usadas quando da morte de amigos'. Jinny, movendo-se em piruetas pela sala, irá se empoleirar no braço do sofá, perguntando-se: 'Será que ele me amava?'. 'Mais do que amava Susan?' Susan, noiva de seu fazendeiro, lá no interior, se deterá por um segundo com o telegrama à sua frente, segurando uma travessa; e, então, com o calcanhar, baterá a porta do forno. Neville, após fitar a janela com os olhos em lágrimas, conseguirá enxergar por entre as lágrimas e perguntará: 'Quem passa pela janela?' – 'Quem é o adorável garoto?'. Este é o meu tributo a Percival; violetas murchas; violetas enegrecidas.

"Aonde irei, pois? A algum museu, onde mantêm anéis em mostruários de vidro, onde há armários envidraçados e os vestidos que as rainhas usaram? Ou irei a Hampton Court para contemplar os muros vermelhos e os pátios interiores e a compostura dos teixos, arrebanhados simetricamente, formando pirâmides pretas sobre o gramado, por entre as flores? Recuperarei ali a beleza e imporei ordem à minha descaída, minha desalinhada alma? Mas o que se pode fazer em solidão? Sozinha, eu deveria ficar em cima do gramado vazio e dizer: As gralhas voam; alguém passa com uma sacola; há um jardineiro com um carrinho de mão. Deveria me enfiar numa fila e cheirar suor, e perfume tão horrível quanto suor; e ser pendurada com outras pessoas, como uma peça de carne entre outras peças de carne.

"Eis aqui uma sala de concertos onde se paga e se entra, onde se ouve música entre pessoas sonolentas que vieram para cá numa tarde quente após o almoço. Comemos carne e sobremesa o suficiente para passar uma semana inteira sem provar nenhuma comida. Apinhamo-nos, pois, como larvas de moscas-varejeiras nas costas de alguma coisa que nos levará em frente. Decorosos, imponentes – temos cabelos brancos ondulando sob o chapéu; sapatos estreitos; bolsas pequenas; rostos escanhoados; aqui e ali um bigode militar; a nenhuma partícula de poeira foi permitido se assentar em qualquer ponto de nossa roupa fina. Oscilando e abrindo o programa, com umas poucas palavras de saudação aos amigos, nos instalamos, como morsas encalhadas nos rochedos, como corpos pesados, incapazes de bambolear até o mar, esperando que uma onda nos erga, mas somos pesados demais, e muitíssimos seixos secos se interpõem entre nós e o mar. Ficamos ali empanturrados de comida, letárgicos sob o calor. Então, estufada mas contida num cetim escorregadio, a mulher verde-mar vem em nosso socorro. Ela chupa os lábios, assume um ar de intensidade, se infla e se lança precisamente no momento certo, como se visse uma maçã e sua voz fosse a flecha arremessada à nota: 'Ah!'.

"Um machado rachou uma árvore até o miolo; o miolo é quente; o som vibra no interior da casca. 'Ah!', gritou uma mulher para seu amante, inclinando-se de sua janela em Veneza. 'Ah, ah!', gritou, e de novo grita 'Ah!'. Ela nos proporcionou um grito. Mas apenas um grito. E o que é um grito? Então os homens em forma de escaravelho chegam com seus violinos; esperam; contam; fazem uma vênia; seus arcos descem. E há sussurros e risos, tal como a dança das oliveiras e suas folhas cinzentas de mil línguas, quando um marujo, mordendo um graveto por entre os lábios, lá onde as íngremes colinas de muitas encostas acabam, se atira sobre a praia.

"'Como' e 'como' e 'como' – mas qual é a coisa que está sob a similitude da coisa? Agora que o raio atorou a árvore e o ramo florido caiu e Percival, com sua morte, me deu este presente, deixem-me ver a coisa. Há um quadrado; há um oblongo. Os músicos pegam o quadrado e põem-no sobre o oblongo. Eles o põem muito acuradamente; eles fazem uma perfeita morada. Muito pouco é deixado de fora. A estrutura é agora visível; o que é incipiente é aqui afirmado; não somos tão diversos ou tão mesquinhos; fizemos oblongos e os pusemos sobre quadrados. Este é o nosso triunfo; este é o nosso consolo.

"A doçura deste conteúdo transbordando desce pelas paredes de minha mente, e liberta a compreensão. Vagar não mais, digo; este é o fim. O oblongo fora posto sobre o quadrado; a espiral está no topo. Fomos arrastados por sobre o cascalho, em direção ao mar. Os músicos retornam. Mas estão enxugando o rosto. Não estão mais tão impecáveis nem tão airosos. Vou embora. Vou ter uma tarde livre. Vou fazer uma peregrinação. Vou até Greenwich. Vou me atirar sem medo dentro de bondes, de ônibus. Enquanto descemos cambaleantes a Regent Street, e sou empurrada em cima desta mulher, em cima daquele homem, não sou injuriada, não sou ultrajada pela colisão. Um quadrado está posto sobre um oblongo. Eis aqui ruas deploráveis nas quais se barganha nas feiras ao ar livre, e se expõe todo tipo de vareta de ferro, de ferrolho e de parafuso, e as pessoas se apinham fora da calçada, beliscando a carne crua com os dedos gordos. A estrutura está visível. Fizemos uma morada.

"Essas são, pois, as flores que crescem por entre as ervas agrestes do campo, pisoteadas pelas vacas, castigadas pelo vento, quase deformadas, sem fruto nem florescência. Estas são as que trago, cortadas, pela raiz da calçada da Oxford Street, meu molho de uma moedinha, meu molho de violetas de uma moedinha. Agora, da janela do bonde, vejo os mastros por entre as chaminés; ali está o rio; ali estão os navios que velejam para a Índia. Vou passear ao longo do rio. Vou andar por este cais, no qual um velho lê um jornal sob um abrigo de vidro. Vou andar por este terraço e observar os navios bamboleando corrente abaixo. Uma mulher caminha no convés, com um cão latindo à sua volta. Sua saia voa ao vento; seus cabelos voam ao vento; eles estão indo para o alto-mar; estão nos deixando; estão se desvanecendo neste fim de tarde de verão. Agora vou me render; agora vou me soltar. Agora vou, por fim, deixar livre o desejo contido, refreado, de ser esgotada, de ser consumida. Vamos juntos caminhar a passos largos pelas colinas desertas onde a andorinha mergulha as asas em poças escuras e as colunas se erguem inteiras. Na onda que quebra na praia, na onda que lança sua espuma branca aos mais remotos cantos da terra, atiro minhas violetas, minha oferenda a Percival."

O sol não estava mais no meio do céu. Sua luz se enviesava, caindo obliquamente. Aqui se enredava na borda de uma nuvem e a inflamava, fazendo dela uma fatia de luz, uma ilha ardente na qual nenhum pé poderia se apoiar. Então outra nuvem se enredava na luz e outra e outra mais, de modo que embaixo as ondas eram transpassadas por flamejantes dardos emplumados que disparavam erraticamente pelo meio do azul tremulante.

As folhas mais altas da árvore se encrespavam sob o sol. Elas farfalhavam rígidas à eventual brisa. Os pássaros empoleiravam-se calmos a não ser pelo fato de que jogavam bruscamente a cabeça de um lado para o outro. Agora interrompiam seu canto como se estivessem fartos de som, como se estivessem empanturrados da abundância do meio-dia. A libélula pousava imóvel num junco e então, cortando o ar, arremessava seu bordado azul para mais longe. O zumbido longínquo parecia, a distância, feito do intermitente frêmito de asas delicadas numa dança de sobe e desce sobre o horizonte. A água do rio mantinha agora os juncos firmes como se um vidro tivesse se fixado à sua volta; e então o vidro cedia e os juncos se envergavam. Meditando, cabeça baixa, os bois se estendiam pelos campos e pesadamente moviam uma pata e depois a outra. No balde próximo da casa a torneira parou de pingar como se o balde estivesse cheio, e então a torneira pingou uma, duas, três gotas, uma depois da outra.

As janelas exibiam erraticamente salpicos de fogo ardente, o cotovelo de um ramo, e então algum espaço tranquilo de pura claridade.

A persiana pendia, rubra, no canto da janela, e dentro do quarto adagas de luz caíam sobre as cadeiras e as mesas, abrindo fissuras ao longo da laca e do verniz. O vaso verde se abaulava enormemente, junto com a janela branca que se alongava ao seu lado. A luz, empurrando a escuridão à sua frente, se derramava profusamente nos cantos e nas saliências; e contudo empilhava a escuridão em montículos de forma indefinida.

As ondas se amontoavam, dobravam o dorso e quebravam. Seixos e cascalho espirravam para o alto. Elas se lançavam à volta das rochas, e a espuma, saltando alto, salpicava as paredes de uma gruta que antes estava seca, e deixava poças no interior, onde algum peixe perdido sacudia o rabo enquanto a onda recuava.

"Já assinei meu nome", disse Louis, "umas vinte vezes. Eu, e de novo eu, e de novo eu. Claro, firme, inequívoco, ali está ele, o meu nome. Claramente definido e inequívoco eu também sou. Contudo uma vasta herança de experiência está acumulada em mim. Tenho vivido por milhares de anos. Sou como um verme que aos poucos foi devorando a madeira de uma viga de carvalho muito velha. Mas agora estou solidificado; agora, nesta bela manhã, estou recomposto.

"O sol brilha num céu claro. Mas o meio-dia não traz chuva nem sol. É a hora em que a srta. Johnson me traz as cartas numa bandeja aramada. Sobre estas páginas brancas gravo meu nome. O farfalhar das folhas, a água correndo pelas sarjetas, as profundezas verdes sarapintadas de dálias ou zínias; eu, ora um duque, ora Platão, o companheiro de Sócrates; o som dos passos pesados de homens negros e homens amarelos migrando em direção ao leste, ao oeste, ao norte e ao sul; a eterna procissão, as mulheres indo pela Strand com pastas de documentos tal como iam outrora com cântaros em direção ao Nilo; todas as folhas enroladas e compactadas de minhas múltiplas vidas estão agora condensadas no meu nome; entalhado límpida e simplesmente sobre a página. Agora um homem crescido; agora de pé sob o sol ou sob a chuva, devo cair pesado como um machado e fender o carvalho com nada mais que o meu peso, pois se me desvio, olhando para este ou aquele lado, cairei como neve e me dissiparei.

"Estou meio que enamorado da máquina de escrever e do telefone. Com cartas e cabogramas e ordens breves mas corteses pelo telefone, para Paris, Berlim, Nova York, fundi minhas muitas vidas numa única; tenho ajudado, com minha assiduidade e decisão, a traçar aquelas linhas naquele mapa ali, pelas quais as diferentes partes do mundo estão entrelaçadas. Amo chegar à minha sala pontualmente às dez horas; amo o brilho púrpura do mogno escuro; amo a mesa e sua quina aguda; e as gavetas que deslizam suavemente. Amo o telefone com seu bocal estendido ao meu sussurro, e a data na parede; e a agenda. O sr. Prentice às quatro; o sr. Eyres às quatro e meia em ponto.

"Gosto de ser chamado à sala privada do sr. Burchard para fazer um relato de nossos compromissos para com a China. Espero herdar uma poltrona e um tapete turco. Trabalho duro; faço rolar a escuridão à minha frente, difundindo o comércio pelas partes mais remotas do mundo nas quais antes havia caos. Se continuar avançando, do caos fazendo ordem, me verei na posição em que Chatham esteve, e Pitt, Burke e Sir Robert Peel. Assim elimino certas manchas e apago antigos aviltamentos; a mulher que me deu uma bandeira que estava no topo de uma árvore de Natal; o meu sotaque; as surras e outras torturas; os garotos gabolas; o meu pai, banqueiro em Brisbane.

"Tenho lido meu poeta num restaurante e, mexendo meu café, tenho escutado os garçons fazendo apostas nas mesinhas, tenho visto as mulheres hesitando no balcão. Eu disse que nada deveria ser irrelevante, como um pedaço de papel pardo acidentalmente jogado no chão. Eu disse que suas jornadas de trabalho deveriam ter um fim em vista; que eles deveriam ganhar suas duas libras e dez xelins por semana, sob as ordens de um augusto chefe; que alguma mão, algum manto deveria nos envolver no fim de tarde. Quando tiver curado essas fraturas e compreendido essas monstruosidades de modo que elas não precisem nem de desculpas nem de escusas, ambas as quais dissipam nossa força, devolverei à rua e ao restaurante o que perderam quando desembocaram nestes tempos duros e quebraram nestas praias pedregosas. Juntarei umas poucas palavras e forjarei à nossa volta um anel trabalhado feito de aço batido.

"Mas agora não tenho nenhum instante a perder. Não há nenhuma pausa aqui, nenhuma sombra feita de folhas tremulantes, nenhuma alcova onde se refugiar do sol, para se sentar, com uma amante, no frescor do fim de tarde. O peso do mundo repousa sobre nossos ombros; a visão que ele tem é através de nossos olhos; se piscamos ou olhamos de esguelha, ou retrocedemos para localizar o que Platão disse ou nos lembramos de Napoleão e suas conquistas, infligimos ao mundo a injúria de alguma falta de retidão. Isto é a vida; o sr. Prentice às quatro; o sr. Eyres às quatro e meia. Gosto de ouvir o suave arranque do elevador e o baque com que ele para no meu andar e os passos pesados e viris de pés responsáveis ao longo dos corredores. Assim, graças à conjugação de nossos esforços, enviamos navios repletos de acessórios sanitários e equipamentos de ginástica às partes mais remotas do globo. O peso do mundo repousa sobre nossos ombros. Isto é a vida. Se continuar avançando, herdarei uma poltrona e um tapete; uma propriedade em Surrey, com estufas para plantas e alguma conífera rara, um pé de melão ou uma árvore florida que farão a inveja dos outros comerciantes.

"Contudo devo manter o quarto do sótão. Ali abro o livrinho costumeiro; dali observo a chuva refletir nos ladrilhos até eles brilharem como o impermeável de um policial; dali vejo as janelas danificadas das casas das pessoas pobres; os gatos magros; alguma mundana dando uma olhadela num espelho rachado enquanto maquia o rosto antes de se postar na esquina; ali Rhoda vem às vezes. Pois somos amantes.

"Percival morreu (ele morreu no Egito; ele morreu na Grécia; todas as mortes são uma só). Susan tem filhos; Neville se eleva rapidamente a alturas notáveis. A vida passa. As nuvens mudam perpetuamente sobre nossas casas. Faço isto, faço aquilo, e de novo faço isto e então aquilo. Encontrando-nos e separando-nos, juntamos formas diferentes, criamos padrões diferentes. Mas se não fixo estas impressões na prancheta e dos muitos homens em mim não crio um único; se não existo aqui e agora e sim em tiras e retalhos, como montículos difusos de neve em montanhas distantes; e se não pergunto à srta. Johnson enquanto atravesso o escritório, o que está passando no cinema e não pego minha xícara de chá e tampouco aceito meu biscoito preferido, então cairei como neve e me dissiparei.

"Contudo quando as seis horas chegam e levo a mão ao chapéu ao passar pelo porteiro, sendo sempre efusivo em matéria de cerimônia pois desejo muitíssimo ser aceito; e me debato, curvando-me diante do vento, abotoado de cima a baixo, o queixo roxo e lágrimas nos olhos, desejo que uma jovem datilógrafa se aninhe em meus joelhos; penso que meu prato favorito é fígado com bacon; e assim estou inclinado a passear pelo rio, pelas ruas estreitas nas quais se veem muitos pubs, e as sombras dos navios passando no fim da rua, e mulheres brigando. Mas digo para mim mesmo, recobrando minha sanidade, o Sr. Prentice às quatro; o sr. Eyres às quatro e meia. O machado deve cair sobre o cepo; o carvalho deve ser rachado até a medula. O peso do mundo repousa sobre meus ombros. Eis aqui a caneta e o papel; nas cartas que estão na cesta aramada assino meu nome, eu, eu, e de novo, eu."

"O verão chega, e o inverno", disse Susan. "As estações passam. A pera incha e cai da árvore. A folha morta se sustenta sobre sua borda. Mas o vapor obscureceu a janela. Sento ao lado do fogão vendo a chaleira ferver. Vejo a pereira através das riscas de vapor na vidraça.

"Dorme, dorme, cantarolo, seja verão ou inverno, maio ou novembro. Dorme, canto – eu, que não sou nada melodiosa e não ouço nenhuma música a não ser a música rústica de um cão latindo, de uma sineta tilintando ou de rodas triturando o cascalho. Canto minha cançãozinha ao lado do fogão como uma concha velha murmurando na praia. Dorme, dorme, digo, advertindo com minha voz que se mantenham longe todos os que chacoalham latas de leite, atiram nas gralhas, dão tiros nos coelhos, ou, de alguma forma, trazem o choque da destruição para perto deste berço de vime, pleno de membros macios, encolhidos sob um cobertor cor-de-rosa.

"Perdi minha indiferença, meus olhos vazios, meus olhos em forma de pera que enxergavam até a raiz. Não sou mais janeiro, maio ou qualquer outra estação, mas estou toda trançada numa trama fina em volta do berço, envolvendo num casulo feito de meu próprio sangue os delicados membros de meu bebê. Dorme, digo, e sinto emergir de dentro de mim alguma violência mais selvagem, mais cruel, de modo que derrubaria de um golpe qualquer intruso, qualquer ladrão que invadisse este quarto e acordasse quem dorme.

"Ando pela casa, o dia todo, de avental e chinelos, como minha mãe que morreu de câncer. Se é verão ou inverno, não sei mais pela relva do matagal e pela flor do bosque; apenas pelo vapor na vidraça ou pela neve na vidraça. Quando a cotovia raspa no alto seu anel de som e ele cai pelo ar como uma casca de maçã, eu me inclino; eu alimento meu bebê. Eu, que costumava caminhar pelos bosques de faia observando a pena do gaio se tornar azul enquanto caía, que cruzava com o pastor e o andarilho, que ficava olhando para a mulher agachada ao lado de uma carreta virada numa vala, vou de quarto em quarto com um espanador na mão. Dorme, digo, desejando que o sono caia como um acolchoado de plumas e cubra esses frágeis membros; exigindo que a vida recolha suas garras e refreie seu relâmpago e se vá, fazendo de meu próprio corpo uma cavidade, um cálido abrigo onde minha criança possa dormir. Dorme, digo, dorme. Ou vou até a janela, olho para o ninho da gralha lá no alto; e para a pereira. 'Seus olhos enxergarão quando os meus estiverem fechados', penso. 'Irei me fundir a eles para além do meu corpo e verei a Índia. Ele voltará à casa, trazendo troféus para serem depositados aos meus pés. Ele aumentará meus bens.'

"Mas nunca me levanto ao alvorecer para contemplar as gotas púrpuras nas folhas de repolho; as gotas vermelhas nas rosas. Não observo o perdigueiro farejar num círculo, nem fico à noite observando como as folhas escondem as estrelas e como as estrelas se movem enquanto as folhas continuam paradas. O açougueiro grita; o leite deve ficar na sombra para não azedar.

"Dorme, digo, dorme, enquanto a chaleira ferve e o vapor se torna cada vez mais espesso, saindo do bico num jato só. Assim a vida enche as minhas veias. Assim a vida jorra por meus membros. Assim sou impelida para a frente, até conseguir gritar, enquanto me movo da aurora ao crepúsculo, abrindo-me e fechando-me: 'Nada mais. Estou repleta de felicidade natural'. Contudo, mais está por vir, mais crianças; mais berços, mais cestas na cozinha e presunto maturando; e cebolas reluzindo; e mais canteiros de alface e batata. Sou soprada como uma folha pela ventania; ora roçando a grama molhada, ora rodopiando no ar. Estou repleta de felicidade natural; e desejo às vezes que a plenitude saia de mim e o peso da casa adormecida se erga, quando nos sentamos para ler e enfio a linha no buraco da agulha. A lamparina acende um fogo na vidraça escura. Um fogo queima no meio da hera. Vejo uma rua iluminada nas sempre-vivas. Ouço o trânsito na carícia do vento ao longo da alameda, e vozes interrompidas, e risadas, e Jinny que grita enquanto a porta se abre: 'Venha, Venha!'.

"Mas nenhum som rompe o silêncio de nossa casa, onde os campos gemem junto à porta. O vento se espraia por entre os olmos; uma mariposa bate numa lamparina; uma vaca muge; um estalido vem da viga do teto, e eu enfio a linha na agulha e murmuro: 'Dorme'."

"Agora é o momento", disse Jinny. "Agora nos encontramos e nos reunimos. Agora vamos conversar, vamos contar histórias. Quem é ele? Quem é ela? Sou infinitamente curiosa e não sei o que está por vir. Se você, que encontro pela primeira vez, me dissesse 'O coche sai às quatro de Piccadilly', eu não perderia tempo jogando umas poucas coisas indispensáveis numa chapeleira, mas iria imediatamente.

"Sentemo-nos aqui embaixo das flores cortadas, no sofá ao lado do quadro. Decoremos nossa árvore de Natal com fatos e novamente com fatos. As pessoas logo vão embora; vamos detê-las. Aquele homem ali, perto do armário; ele vive rodeado, digamos, por vasos de porcelana. Quebre um deles e você fará em pedaços umas mil libras esterlinas. E ele amava uma moça em Roma e ela o abandonou. Daí os vasos, antiqualha encontrada em pensões ou desenterrada das areias do deserto. E como a beleza deve ser quebrada diariamente para permanecer bela, e ele é estático, sua vida fica estagnada num mar de porcelana. É estranho, entretanto; pois outrora, quando jovem, ele se sentou no chão úmido e tomou rum com os soldados.

"É preciso ser ágil e adicionar os fatos com destreza, como os brinquedos a uma árvore, fixando-os com um giro dos dedos. Ele se curva, e como se curva! até mesmo sobre uma azaleia. Ele se curva até mesmo sobre a velha senhora, porque ela usa diamantes nas orelhas, e, percorrendo às pressas a propriedade dela numa carruagem puxada por pôneis, decide quem deve ser ajudado, que árvore deve ser abatida e quem deve ser despedido amanhã. (Tenho vivido minha vida, devo dizer-lhes, todos esses anos, e agora já passei dos trinta, perigosamente, como um cabrito montês saltando de rocha em rocha; não me assento por muito tempo em lugar nenhum; não me ligo a nenhuma pessoa em particular; mas vocês verão que, se ergo o braço, alguma figura logo se destaca e se aproxima.) E aquele homem é juiz; e aquele homem é milionário, e aquele homem, de monóculo, matou a preceptora com uma flecha no coração quando tinha dez anos. Depois disso ele cavalgou pelos desertos levando despachos, participou de revoluções e agora recolhe material para uma história da família da mãe, há muito tempo fixada em Norfolk. Aquele homenzinho de queixo lívido tem a mão direita atrofiada. Mas por quê? Não sabemos. Aquela mulher, você cochicha discretamente, com os pagodes de pérola pendurados nas orelhas, era a pura chama que iluminava a vida de um de nossos estadistas; agora, desde a morte dele, ela vê fantasmas, lê a sorte e adotou um jovem da cor do café que ela chama de Messias. Aquele homem com o bigode curvado, como um oficial da cavalaria, viveu uma vida de extrema libertinagem (está tudo em alguma autobiografia) até que um dia encontrou um estrangeiro num trem que o converteu, entre Edimburgo e Carlisle, lendo a Bíblia.

"Assim, em uns poucos segundos, destramente, habilmente, deciframos os hieróglifos escritos no rosto das pessoas. Aqui, nesta sala, estão as desgastadas e batidas conchas lançadas à praia. A porta continua se abrindo. A sala se enche e se enche de saber, angústia, muitos tipos de ambição, muita indiferença, algum desespero. Juntos, você diz, poderíamos construir catedrais, ditar políticas, condenar homens à morte e administrar os negócios de vários órgãos públicos. O fundo comum de experiência é muito profundo. Temos juntos dezenas de filhos de ambos os sexos, que estamos educando, indo visitar no colégio quando estão com sarampo e criando para herdar nossas casas. De uma forma ou de outra construímos este dia, a sexta-feira, algumas pessoas indo aos tribunais; outras ao centro financeiro e comercial da cidade; outras ao quarto das crianças; outras marchando em colunas de quatro. Um milhão de mãos costuram, levam nos ombros caixas de tijolos. A atividade é infindável. E amanhã começa de novo; amanhã construímos o sábado. Alguns tomam o trem para a França; outros, o navio para a Índia. Alguns nunca mais voltarão a esta sala. Um de nós pode morrer esta noite. Outro gerará um filho. De nós todo tipo de construção, política pública, empreendimento, pintura, poema, filho, fábrica, brotará. A vida vem; a vida vai; nós fazemos a vida. É o que se diz.

"Mas nós que vivemos no corpo vemos com a imaginação do corpo as coisas em esboço. Vejo as rochas à luz resplandecente do sol. Não posso levar esses fatos para dentro de alguma caverna e, protegendo os olhos, fundir seus amarelos, azuis, ocres numa substância única. Não consigo ficar sentada por muito tempo. Preciso me levantar ligeiro e ir embora. O coche pode estar prestes a sair de Piccadilly. Deixo cair todos esses fatos – os diamantes, as mãos atrofiadas, os vasos de porcelana e todo o resto – tal como um macaco deixa cair as nozes de suas garras nuas. Não posso lhe dizer se a vida é isto ou aquilo. Vou me lançar no meio da multidão heterogênea. Serei fustigada; jogada para cima e jogada para baixo, no meio dos homens, como um navio no mar.

"Por ora meu corpo, meu companheiro, que está sempre enviando seus sinais, o rude e negro 'Não', o dourado 'Venha', em rápidas e incessantes flechas de sensação, me faz acenos. Alguém se mexe. Teria eu erguido o braço? Teria eu olhado? Teria minha echarpe amarela com pintas cor de morango tremulado e emitido sinais? Ele se afastou da parede. Ele segue. Sou perseguida pelo meio da floresta. Tudo é extasiante, tudo é noturno, e os papagaios se põem a grasnar por entre os ramos. Todos os meus sentidos se mantêm eretos. Agora sinto a aspereza da fibra da cortina que eu afasto; agora sinto o ferro frio da grade e sua tinta cheia de bolhas sob a palma da mão. Agora a maré fria da escuridão verte suas águas sobre mim. Estamos fora de casa. A noite se abre; a noite atravessada pelas mariposas errantes; a noite que esconde os amantes que vagam em busca de aventura. Cheiro as rosas; cheiro as violetas; vejo o vermelho e o azul há pouco ocultados. Ora o pedregulho está sob os meus sapatos; ora a grama. No alto rodopiam os fundos salientes das casas culposamente iluminadas. Londres inteira está inquieta com suas flamantes luzes. Agora cantemos nossa canção de amor – Venha, venha, venha. Agora meu sinal dourado é como uma libélula voando retesada. Piiuu, piiuu, piiuu, canto como o rouxinol cuja melodia está acumulada na passagem demasiadamente estreita de sua garganta. Agora ouço o rachar e o crepitar de ramos e o quebrar de chifres como se as feras da floresta estivessem todas caçando, todas se empinando e se atirando por entre os espinhos. Um deles me perfurou. Um deles está profundamente cravado dentro de mim.

"E as flores aveludadas e as folhas cuja frescura se manteve na água me banham por todos os lados, e me envelopam, embalsamando-me."

"Por que ficar olhando", disse Neville, "para o relógio fazendo tique-taque no console da lareira? O tempo passa, sim.

E ficamos velhos. Mas sentar-me com você, sozinho com você, aqui em Londres, nesta sala iluminada pelo fogo, você ali, eu aqui, é tudo. O mundo saqueado até seus mais longínquos confins, e todos os seus cumes despojados e desfalcados de suas flores, não se sustenta mais. Olhe a luz da lareira subindo e descendo pela trama dourada da cortina. A fruta que ela circunda pende pesadamente. Ela cai na biqueira de sua bota, ela imprime no seu rosto uma borda vermelha – acho que é a luz da lareira e não o seu rosto; acho que aquilo são livros junto à parede, e aquilo uma cortina, e aquilo talvez uma poltrona. Mas quando você chega tudo muda. As xícaras e os pires mudaram quando você chegou esta manhã. Não há nenhuma dúvida, pensei, pondo o jornal de lado, que nossas vidas medíocres, sem graça como são, se revestem de esplendor e adquirem sentido apenas sob os olhos do amor.

"Levantei-me. Tomei o café da manhã. Havia o dia inteiro à nossa frente, e como estava bonito, ameno, indefinido, atravessamos o Parque em direção ao Embankment, fomos pela Strand em direção à catedral de St. Paul, depois à loja onde comprei um guarda-chuva, sempre conversando, e às vezes parando para olhar em volta. Mas pode isso durar? disse para mim mesmo perto de um leão na Trafalgar Square, perto do leão visto uma vez e para sempre; – assim revisito minha vida passada, cena por cena; eis ali um olmo, e ali jaz Percival. Para todo o sempre, jurei. Então, como uma flecha, instalou-se a dúvida de sempre. Apertei sua mão. Você me deixou. A descida ao metrô foi como a morte. Fomos retalhados, fomos desmembrados por todos aqueles rostos e pelo vento cavernoso que parecia rugir lá embaixo sobre os blocos de pedra do deserto. Fiquei sentado fitando meu próprio quarto. Por volta das cinco soube que você era infiel. Peguei o telefone e o zumbido da estúpida voz que saía dele vinda de seu quarto vazio martelava meu coração quando a porta se abriu e ali estava você. Foi o mais perfeito de nossos encontros. Mas esses encontros, essas separações, acabam por nos destruir.

"Agora este quarto parece-me central, algo desencavado da noite eterna. Lá fora as linhas se entrelaçam e se cruzam, mas nos circundam, envolvendo-nos. Aqui estamos centrados. Aqui podemos ficar em silêncio, ou falar sem levantar a voz. Você notou isso e depois aquilo? dizemos nós. Ele disse aquilo, significando... Ela hesitou e, creio, ficou em dúvida. De qualquer modo, ouvi vozes, um soluço na escada tarde da noite. É o fim da relação deles. Enrolamos, assim, à nossa volta filamentos infinitamente finos e construímos um sistema. Platão e Shakespeare estão incluídos, e também pessoas absolutamente obscuras, pessoas sem importância nenhuma. Detesto homens que portam um crucifixo no lado esquerdo do colete. Detesto as cerimônias e as lamentações e a triste figura de Cristo tremulando ao lado de outra figura tremulante e triste. Também a pompa e a indiferença e a ênfase, sempre fora de propósito, de pessoas se exibindo sob candelabros, em traje a rigor completo, portando estrelas e condecorações. Algum broto numa sebe, entretanto, ou um pôr do sol sobre um campo raso no inverno, ou ainda o jeito como alguma velha senhora se senta num ônibus com uma cesta, as mãos nos quadris – apontamos para essas coisas para que o outro olhe. É um alívio tão grande poder apontar para que o outro olhe. E depois não conversar. Seguir as trilhas escuras da mente e ingressar no passado, visitar os livros, afastar-lhes os ramos e arrancar alguma fruta. E você a recebe e se maravilha, enquanto eu recebo os movimentos descuidados de seu corpo e me maravilho com sua tranquilidade, sua potência – como você escancara as janelas e é hábil com as mãos. Pois ai de mim! minha mente é um tanto travada, logo se cansa; caio encharcado, talvez repugnante, junto à meta.

"Ai de mim! Não posso cavalgar pela Índia com um capacete colonial e voltar para um bangalô. Não consigo dar cambalhotas, como você faz, como garotos seminus no convés de um navio, esguichando água uns nos outros com mangueiras. Preciso deste fogo, preciso desta poltrona. Preciso de alguém ao lado de quem me sentar após a faina do dia e toda a sua angústia, após suas escutas, e suas esperas, e suas suspeitas. Após a desavença e a reconciliação, necessito privacidade – estar a sós com você, para pôr esta confusão em ordem. Pois sou tão metódico em meus hábitos quanto um gato. Precisamos nos opor à dissipação e à deformidade do mundo, a suas multidões, cobertas de vômito e pisoteadas, dando voltas e voltas num redemoinho. É preciso, inclusive, enfiar a espátula exatamente pelo meio das páginas dos romances, e amarrar os pacotes de cartas cuidadosamente com seda verde, e varrer bem as cinzas com um escovão de lareira. Tudo deve ser feito para sufocar o horror da deformidade. Leiamos os escritores de severidade e virtude romanas; busquemos a perfeição no meio da areia. Sim, mas adoro imbuir-me da virtude e da severidade dos nobres romanos à luz cinza de seus olhos, e as gramas dançantes e as brisas de verão e a risada e os gritos dos rapazes brincando – dos criados de bordo nus esguichando água uns nos outros com mangueiras nos convés dos navios. Não sou pois um pesquisador desinteressado, como Louis, em busca da perfeição no meio da areia. As cores sempre mancham a página; nuvens passam sobre ela. E o poema, penso eu, é apenas sua voz falando. Alcibíades, Ájax, Heitor e Percival também são você. Eles adoravam cavalgar, arriscavam a vida audaciosamente, tampouco eram grandes leitores. Mas você não é Ájax nem Percival. Eles não franziam o nariz nem coçavam a testa com o seu gesto preciso. Você é você. É isso que me consola da falta de muitas coisas – sou feio, sou fraco – e da depravação do mundo, e da passagem da juventude e da morte de Percival, e da amargura e do rancor e das invejas inumeráveis.

"Mas se um dia você não vier após o café da manhã, se um dia eu chegar a vê-lo em algum espelho talvez olhando para um outro, se o telefone zumbir e zumbir em seu quarto vazio, eu deverei então, após uma angústia inexprimível, deverei então – pois a loucura do coração humano não tem fim – buscar um outro, encontrar um outro você. Nesse meio tempo, vamos abolir o tique-taque do pêndulo do tempo de um só golpe. Chega mais perto."

O sol agora declinara mais no céu. As ilhas de nuvem tinham adquirido densidade e passavam pela frente do sol de modo que as rochas de repente ficavam negras, e o tremulante cardo-marinho perdia seu azul e virava prata, e as sombras se enfunavam feito panos cinza sobre o mar. As ondas não visitavam mais as poças distantes nem chegavam à linha preta pontilhada que se estendia irregularmente traçada sobre a praia. A areia era de um branco perolado, lisa e reluzente.

Os pássaros mergulhavam e circulavam alto no ar. Alguns se precipitavam nos sulcos do vento e mudavam de direção fatiando-os transversalmente como se fossem um único corpo fracionado em mil tiras. Os pássaros caíam como uma rede aterrizando na copa das árvores. Aqui um pássaro tomando sozinho seu rumo bateu asas em direção ao charco e pousou solitário num mourão branco, abrindo e fechando as asas.

No jardim algumas pétalas tinham caído. Elas se estendiam em forma de concha sobre a terra. A folha morta não se sustentava mais sobre sua borda, mas tinha sido soprada, ora rolando, ora parando, na direção de algum caule. A mesma onda de luz passava pelo meio de todas as flores, com repentina pompa e circunstância, como uma barbatana que fendesse o espelho verde de um lago. De vez em quando alguma rajada rasa e magistral de vento levantava e assentava as inumeráveis folhas, e então, à medida que o vento enfraquecia, cada folha recobrava sua identidade. As flores, inflamando seus brilhantes discos sob o sol, se desviavam de sua luz quando o vento as sacudia, e então algumas corolas pesadas demais para se reerguerem se curvavam levemente.

O sol da tarde aquecia os campos, despejava azul nas sombras e avermelhava o trigo. Um lustre intenso se assentava como laca sobre os campos. Uma carroça, um cavalo, um bando de gralhas – qualquer coisa que se movesse ficava envolta em ouro. Se uma vaca movesse uma perna ela provocava ondulações de ouro rubro, e seus chifres pareciam raiados de luz. Tufos loiros de trigo espalhavam-se por sobre as sebes, varridos das carroças felpudas que vinham das campinas arriadas e parecendo primevas. As nuvens de cume redondo nunca se encolhiam ao rolarem pelo céu, conservando cada átomo de sua rotundidade. Agora, enquanto passavam, capturavam um vilarejo inteiro no arremesso de sua rede e, tendo passado, deixavam-no novamente livre. Muito longe no horizonte, por entre os milhões de grãos de poeira cinza-azulado, ardia uma vidraça, ou se erguia a linha solitária de um campanário ou de uma árvore.

As cortinas vermelhas e as persianas brancas se enfunavam e se desenfunavam, batendo contra o canto da janela, e a luz que entrava desigualmente, conforme a batida e a amplitude da ondulação, carregava algum matiz marrom e algum abandono enquanto penetrava em lufadas pelas cortinas ondulantes. Aqui acastanhava um armário, ali avermelhava uma cadeira, acolá fazia a janela oscilar ao lado do jarro verde.

Por um instante tudo tremeluziu e se dobrou incerta e ambiguamente, como se uma grande mariposa planando pela sala tivesse sombreado a imensa solidez das mesas e cadeiras com asas vacilantes.

"E o tempo", disse Bernard, "deixa cair sua gota. A gota que se formara no teto da alma cai. No teto da minha mente o tempo, se formando, deixa cair sua gota. Na semana passada, enquanto me barbeava, a gota caiu. Eu, de pé com a navalha na mão, tornei-me de súbito consciente da natureza puramente habitual de meu gesto (esta é a gota se formando) e, ironicamente, congratulei minhas mãos por sua persistência. Barbeie-se, barbeie-se, barbeie-se, disse eu. Continue se barbeando. A gota caiu. Ao longo da labuta do dia, a intervalos, a mente ia para um lugar vazio, dizendo: 'O que se perdeu? O que acabou?'. E 'Pronto e acabado', resmungava eu, 'pronto e acabado', consolando-me com palavras. As pessoas notavam a vacuidade de meu rosto e o despropósito de minha conversa. As últimas palavras de minha sentença iam gradualmente se enfraquecendo. E enquanto abotoava o casaco para ir para casa eu disse mais dramaticamente: 'Perdi a minha juventude'.

"É curioso como, em toda crise, alguma frase inapropriada insiste em vir em socorro – é o preço a pagar por se viver numa civilização antiga com uma caderneta. Esta gota caindo não tem nada a ver com a perda de minha juventude. Esta gota caindo é o tempo se afilando num ponto. O tempo, que é uma pastagem ensolarada coberta por uma luz dançante, o tempo, que se estende como um campo ao meio-dia, fica pendente. O tempo se afila num ponto. Tal como uma gota cai de um copo cheio de algum sedimento, assim o tempo cai. Esses são os ciclos reais, esses são os eventos reais. Então, como se toda a luminosidade da atmosfera tivesse sido removida, enxergo o fundo nu. Vejo o que o hábito cobre. Fico indolente na cama por dias inteiros. Como fora e abro a boca como um bacalhau. Não me dou ao trabalho de terminar minhas sentenças, e minhas ações, habitualmente tão incertas, adquirem uma precisão mecânica. Desta vez, passando por uma bilheteria, entrei e comprei, com toda a compostura de uma figura mecânica, uma passagem para Roma.

"Agora estou sentado num banco de pedra deste jardim passando em revista a cidade eterna, e o homenzinho que estava se barbeando em Londres cinco dias atrás já parece uma pilha de roupas velhas. Londres também se desintegrou. Londres é feita de fábricas deterioradas e de uns poucos gasômetros. Por outro lado não estou envolvido em toda esta pompa. Vejo padres enfaixados de roxo e pitorescas babás; observo apenas os traços exteriores. Sento-me aqui como um convalescente, como um homem simples que conhece apenas palavras de uma sílaba só. 'O pé dói', digo. 'O pão é bom.' Sinto-me impelido a dar voltas como um inseto no topo da terra e poderia jurar que, sentado aqui, sinto sua dureza, seu movimento giratório. Não tenho o mínimo desejo de andar no sentido contrário ao da terra. Pudesse eu prolongar esta sensação por mais um palmo pressinto que pisaria nalgum território estranho. Mas tenho uma probóscide muito limitada. Nunca quero prolongar estes estados de desligamento; tenho-lhes aversão; ademais os desprezo. Não quero ser um homem que fica sentado por cinquenta anos no mesmo lugar refletindo sobre seu umbigo. Desejo ser atrelado a uma carroça, uma carroça carregada de legumes que chocalha sobre as pedras do calçamento.

"A verdade é que não sou dos que encontram sua satisfação numa única pessoa, ou na infinitude. O quarto privado me entedia, o céu também. Meu ser só brilha quando todas as suas facetas estão expostas a muitas pessoas. Faltem elas e eu fico cheio de buracos, encolhendo-me como papel queimado. Oh, sra. Moffat, sra. Moffat, digo, venha e varra tudo. As coisas têm caído de mim. Tenho sobrevivido a certos desejos; tenho perdido amigos, alguns por morte – Percival – outros pela simples incapacidade de atravessar a rua. Não sou tão dotado como uma vez parecia provável. Certas coisas estão além de meu alcance. Nunca compreenderei os problemas mais espinhosos da filosofia. Roma é o limite de minhas viagens. Quando caio no sono à noite me dou conta, às vezes, com uma pontada no coração, de que nunca verei os selvagens do Taiti fisgando peixes à luz de um archote em chamas, nem o salto de um leão na selva, nem um homem nu comendo carne crua. Tampouco aprenderei russo nem lerei os Vedas. Nunca mais esbarrarei numa caixa de coleta do correio na calçada. (Mas umas poucas estrelas ainda cruzam a minha noite, magnificamente, como efeito daquele choque.) Mas, à medida que penso, a verdade está mais próxima. Por muitos anos cantarolei complacentemente: 'Meus filhos... minha esposa... minha casa... meu cão'. Ao entrar em casa, abrindo a porta com a chave, cumpria aquele ritual familiar e me envolvia naquelas cobertas quentes. Agora aquele adorável véu caiu. Agora não quero posses. (Nota: uma lavadeira italiana se situa no mesmo nível de refinamento físico que a filha de um duque inglês.)

"Mas me permitam ponderar. A gota cai; um outro estágio foi atingido. Um estágio atrás do outro. E por que os estágios deveriam ter um fim? E para onde levam? A qual conclusão? Pois chegam em vestes solenes. Em dilemas assim o devoto consulta a casta enfaixada de roxo e de aparência sensual que passa em grupos por mim. Mas quanto a nós, nos magoam os professores. Assim que um homem se levanta para dizer: 'Veja bem, esta é a verdade', logo percebo ao fundo um gato ruivo surrupiando um pedaço de peixe. Veja, você esqueceu o gato, digo eu. Assim Neville, no colégio, na capela escura, enfurecia-se à vista do crucifixo do diretor. Eu, que estou sempre sendo distraído, seja por um gato, seja por uma abelha zumbindo à volta do buquê que Lady Hampden mantém tão diligentemente junto ao nariz, logo invento uma história e assim elimino os ângulos do crucifixo. Tenho inventado milhares de histórias; tenho enchido inumeráveis cadernetas com frases a serem usadas quando eu tiver encontrado a história verdadeira, a história à qual todas essas frases remetem. Mas ainda não encontrei essa história. E começo a perguntar: As histórias existem?

"Observem agora deste terraço o povo que fervilha lá embaixo. Observem a atividade e o alarido geral. Aquele homem está tendo problemas com sua mula. Uma meia dúzia de simpáticos desempregados oferece seus serviços. Outros passam sem olhar. Eles têm tantos interesses quanto são os fios de uma meada. Vejam a amplidão do céu, tomado de assalto por redondas nuvens brancas. Imaginem as léguas de terra plana e os aquedutos e as calçadas romanas arruinadas e as lápides da Campagna, e para além da Campagna, o mar, depois de novo mais terra, depois o mar. Eu poderia destacar qualquer detalhe de todo esse panorama – digamos a carroça puxada a mula – e descrevê-lo com a maior facilidade. Mas por que descrever um homem em apuros com sua mula? Ademais, eu poderia inventar histórias sobre a garota subindo por aqueles degraus. 'Ela o encontrou sob a arcada escura... "Acabou", disse ele, dando as costas à gaiola na qual está pendurado o papagaio de porcelana.' Ou simplesmente: 'Isso é tudo'. Mas por que impor meu esquema arbitrário? Por que enfatizar isto e dar forma àquilo e tramar pequenas figuras como os brinquedos que os homens vendem em tabuleiros na rua? Por que escolher isto dentre tudo aquilo – um único detalhe?

"Eis-me aqui me desfazendo de uma das peles do meu ciclo de vida, e tudo o que dirão é: 'Bernard está passando dez dias em Roma'. Eis-me aqui andando para lá e para cá neste terraço sozinho, desorientado. Mas observem como os pontos e os travessões estão começando, enquanto caminho, a se perfilarem em linhas contínuas, como as coisas estão perdendo a identidade despojada, isolada, que tinham enquanto eu subia aqueles degraus. O grande vaso vermelho é agora uma faixa avermelhada numa onda de verde amarelado. O mundo começa a passar por mim como as margens de uma sebe quando o trem parte, como as ondas do mar quando um navio a vapor se põe em movimento. Eu também me ponho em movimento, me envolvendo na sequência geral em que uma coisa se segue à outra e parece inevitável que a árvore surja, depois o poste telegráfico, depois o buraco na sebe. E à medida que me movimento, rodeado, inserido e participando, as frases habituais começam a borbulhar, e quero libertar essas bolhas do alçapão na minha cabeça, e dirigir assim meus passos em direção àquele homem cuja nuca me é um tanto familiar. Estivemos juntos no colégio. Sem dúvida nos encontraremos. Certamente almoçaremos juntos. Conversaremos. Mas esperem, esperem um instante.

"Esses momentos de evasão não devem ser desprezados. Eles ocorrem muito raramente. O Taiti torna-se possível. Debruçado neste parapeito vejo ao longe uma vastidão de água. Uma barbatana se move. Essa mera impressão visual está desvinculada de qualquer linha de raciocínio, ela surge tal como a visão que podemos ter da barbatana de uma toninha no horizonte. As impressões visuais muitas vezes transmitem, assim sumariamente, mensagens que no futuro viremos a desvelar e a pôr em palavras. Anoto sob a letra B, portanto, 'Barbatana numa vastidão de águas'. Eu, que estou perpetuamente tomando notas na margem de minha mente para alguma afirmação final, faço esta observação, à espera de algum fim de tarde de inverno.

"Agora vou sair e almoçar em algum lugar, erguer o cálice, examinar o vinho, observar as coisas com um distanciamento maior do que o habitual, e quando uma mulher bonita entrar no restaurante e vier andando pelo salão, entre as mesas, direi para mim mesmo: 'Veja, aí vem ela atravessando uma vastidão de águas'. Uma observação sem sentido, mas para mim, solene, da cor da ardósia, com um som fatal de mundos em ruína e águas irrompendo em destruição.

"Assim, Bernard (lembro-me de você, você o habitual parceiro de meus empreendimentos), vamos começar este novo capítulo, e observar a formação desta experiência nova, desta experiência desconhecida, estranha, totalmente inidentificável e apavorante – a nova gota – que está prestes a se formar. Larpent é o nome daquele homem."

"Nesta tarde quente", disse Susan, "aqui neste jardim, aqui neste campo em que passeio com meu filho, atingi o auge de meus desejos. A dobradiça do portão está enferrujada; ele o levanta para abri-lo. As violentas paixões da infância, as lágrimas no jardim quando Jinny beijou Louis, a minha raiva na sala de aula, que cheirava a pinho, a minha solidão em lugares do estrangeiro, quando as mulas chegavam pateando o chão com seus cascos pontudos e as mulheres italianas tagarelavam na fonte, envoltas em xales, com cravos entrançados no cabelo, tudo isso é recompensado pela segurança, pelas propriedades, pela vida em família. Tenho tido anos tranquilos, produtivos. Sou dona de tudo o que vejo. Tenho cultivado árvores desde a semente. Tenho construído laguinhos nos quais o peixinho-dourado se esconde sob os lírios de folhas largas. Tenho coberto com redes os canteiros de morango e os canteiros de alface, e envolvido as peras e as ameixas em saquinhos brancos para protegê-las das vespas. Tenho visto meus filhos e minhas filhas, outrora protegidos como fruta em seus berços, romperem as malhas e saírem a passeio ao meu lado, mais altos que eu, projetando sombras no gramado.

"Estou cercada, enraizada aqui como uma de minhas árvores. Digo: 'Meu filho', digo: 'Minha filha', e até mesmo o dono da ferragem, erguendo os olhos do balcão coberto de pregos, tintas e arame farpado, respeita a surrada carroça parada à porta, com as redes de caçar borboletas, as selas e as colmeias. No Natal penduramos o visco em cima do relógio, pesamos nossas amoras e nossos cogumelos, contamos os potes de geleia e nos encostamos, ano após ano, à veneziana da janela da sala de visitas para medir a altura. Também faço coroas de flores brancas, trançando entre elas plantas de folhas prateadas, em honra dos mortos, acrescentando meu cartão com pêsames pelo falecido pastor, com condolências à esposa do falecido carreteiro; e me sento ao lado da cama das mulheres agonizantes, que murmuram seus últimos pavores, que apertam minha mão; visitando quartos intoleráveis a não ser para alguém nascida como eu fui e desde cedo familiarizada com o terreiro e com a esterqueira e as galinhas indo de um lado para o outro, e a mãe numa casinha de dois cômodos e com os filhos crescendo. Vi as janelas pingarem com o calor, senti o cheiro da pia.

"Pergunto agora de pé com minhas tesouras, no meio das flores: Por onde a sombra pode entrar? Que choque pode afrouxar uma vida tão laboriosamente agregada, tão incansavelmente comprimida como a minha? Contudo algumas vezes me canso da felicidade natural, e das frutas crescendo, e das crianças espalhando pela casa remos, armas, caveiras, livros recebidos como prêmio em torneios e outros troféus. Estou cansada do corpo, estou cansada de minha própria habilidade, diligência e sagacidade, dos métodos inescrupulosos da mãe que protege, que reúne, ao redor de uma mesa, comprida, sob seus olhos ciosos, seus próprios filhos, sempre os seus.

"É então que a primavera chega, com aguaceiros frios, com repentinas flores amarelas – aí, enquanto examino a carne embaixo da tela protetora azul e apalpo as pesadas sacas de chá, de uvas-passas, me lembro como o sol nascia, e as andorinhas roçavam a grama, e as frases que Bernard criava quando éramos crianças, e as folhas se agitavam sobre nós, variegadas, muito leves, quebrando o azul do céu, espargindo luzes errantes sobre as raízes esqueléticas das faias onde eu me sentava, soluçando. O pombo levantou voo. Saltei e fui atrás das palavras que se arrastavam como o cordão solto de um balão, cada vez mais alto, de galho em galho, fugindo. Então, como uma tigela quebrada, a fixidez de minha manhã se rompeu, e largando a saca de farinha pensei: A vida fica ao meu redor como o vidro ao redor do junco aprisionado.

"Pego a tesoura e corto as malvas-rosa, eu que fui a Elvedon e andei sobre as nozes de galha podres, e vi a dama escrevendo e os jardineiros com suas enormes vassouras. Voltamos correndo ofegantes para não sermos baleados e cravados na parede como arminhos. Agora faço medições, preparo conservas. À noite sento-me na poltrona e estico o braço para pegar minha costura; e ouço meu marido ressonar; e olho para cima quando a luz de um carro que passa ofusca a janela e sinto as ondas de minha vida se agitando, quebrando, ao redor de mim, que sou enraizada; e ouço gritos, e vejo a vida de outras pessoas, rodopiando como palha, à volta dos pilares de uma ponte, enquanto faço a agulha entrar e sair e traço minha trama pelo meio do calicô.

"Penso às vezes em Percival que me amava. Ele caiu do cavalo na Índia. Penso às vezes em Rhoda. Gritos perturbados me despertam no meio da noite. Mas na maior parte do tempo, passeio feliz com meus filhos. Corto as pétalas mortas das malvas-rosa. Um tanto atarracada, grisalha antes do tempo, mas com olhos claros, olhos com formato de pera, percorro a passo os meus campos."

"Eis-me aqui', disse Jinny, "na estação do metrô, onde tudo que é desejável se encontra – a Piccadilly South Side, a Piccadilly North Side, a Regent Street e a Haymarket. Fico, por um momento, sob o calçamento do coração de Londres. Inumeráveis rodas se precipitam e pés marcham bem acima da minha cabeça. As grandes artérias da civilização se cruzam aqui e pegam este rumo e aquele. Estou no coração da vida. Mas vejam – ali está o meu corpo naquele espelho. Quão solitário, quão mirrado, quão envelhecido! Já não sou jovem. Não faço mais parte do cortejo. Milhões descem por aquelas escadas terrivelmente abruptas. Rodas giram inexoravelmente impelindo-os para baixo. Milhões têm morrido. Percival morreu. Eu ainda me mexo. Eu ainda vivo. Mas quem virá se eu fizer algum sinal?

"Animalzinho que sou, contraindo e dilatando cheia de medo os meus flancos, fico aqui, palpitando, tremendo. Mas não me intimidarei. Vou baixar o chicote nos meus flancos. Não sou um animalzinho lamuriento buscando a sombra. Foi apenas por um instante, me olhando de relance antes de ter tempo para me preparar como sempre me preparo para me olhar de relance, que titubeei. É verdade; não sou jovem – logo erguerei meu braço em vão e minha echarpe cairá ao meu lado sem ter emitido sinais. Não ouvirei o súbito suspiro dentro da noite nem pressentirei alguém chegando em meio à escuridão. Não haverá nenhum reflexo nas vidraças dos túneis escuros. Perscrutarei os rostos, e os verei buscando algum outro rosto. Admito, por um instante, a silenciosa fuga dos corpos eretos pelas escadas rolantes abaixo, feito a terrível e alada descida ao fundo de algum exército de mortos, e o movimento das enormes máquinas nos empurrando, a todos nós, sem remorsos, para a frente, fizeram com que me encolhesse e corresse em busca de abrigo.

"Mas agora juro, fazendo deliberadamente em frente ao espelho aqueles pequenos preparativos que me apetrecham, que não terei medo. Pensem nos esplêndidos ônibus, vermelhos e amarelos, parando e arrancando pontualmente, em ordem. Pensem nos potentes e belos carros que ora se mexem na vagareza de um passo, ora disparam a toda velocidade; pensem nos homens, pensem nas mulheres, apetrechados, preparados, seguindo em frente de carro. É o cortejo triunfal; é o exército da vitória, com os estandartes, e as águias em bronze e as cabeças coroadas com folhas de louro conquistadas em batalha. São melhores que os selvagens de tanga, e as mulheres com os cabelos úmidos e os seios enormes e caídos, que os filhos ficam puxando. Estas largas artérias – a Piccadilly South, a Piccadilly North, a Regent Street e a Haymarket – são as trilhas arenosas da vitória rasgadas no meio da selva. Eu também, com meus sapatinhos de couro envernizado, meu lenço que não passa de uma película de gaze, meus lábios avermelhados e minhas sobrancelhas finamente traçadas, marcho com a banda para a vitória.

"Vejam como exibem roupas até mesmo aqui embaixo da terra num perpétuo esplendor. Não deixarão sequer que a terra fique infestada de vermes e tomada pela umidade. Há gazes e sedas iluminadas nas vitrines e roupas íntimas enfeitadas com um milhão de pontos cerrados de fino bordado. Carmesim, verde, roxo, elas são tingidas de todas as cores. Pensem em como eles organizam tudo, fazem tudo funcionar, amenizam as dificuldades, tingem os tecidos e constroem túneis explodindo a rocha. Os elevadores sobem e descem; os vagões param, os vagões partem tão regularmente quanto as ondas do mar. É isso que tem a minha adesão. Sou uma nativa deste mundo, sigo seus estandartes. Como poderia eu correr em busca de abrigo quando eles são tão magnificamente aventurosos, ousados, curiosos também, e fortes o bastante para fazer uma pausa no trabalho e rabiscar à mão livre um gracejo no muro? Vou portanto empoar o rosto e passar batom nos lábios. Deixarei a curva de minhas sobrancelhas mais acentuada do que o habitual. Subirei à superfície, mantendo-me ereta, juntamente com os outros, no Piccadilly Circus. Chamarei com um gesto preciso um carro de praça cujo motorista assinalará por alguma indescritível presteza sua compreensão de meus sinais. Pois eu ainda suscito o interesse. Ainda percebo a reverência dos homens na rua, igual à silenciosa flexão do trigo quando a brisa sopra, fazendo-o ondular todo rubro.

"Vou de carro para minha própria casa. Encherei os vasos com flores opulentas, luxuriosas, extravagantes, inclinando-se em grandes feixes. Porei uma cadeira aqui, outra ali. Disporei cigarros prontos, cálices e algum livro novo ainda não lido com uma capa alegre, caso Bernard chegue, ou Neville ou Louis. Mas talvez não seja Bernard, Neville nem Louis, mas alguém novo, algum desconhecido, alguém por quem passei numa escada e, simplesmente me virando ao passar, murmurei: 'Venha'. Ele virá esta tarde; alguém que não conheço, alguém novo. Que o silencioso exército dos mortos desça. Eu marcho em frente."

"Agora não tenho mais necessidade de uma sala", disse Neville, "ou de paredes e da luz da lareira. Não sou mais jovem. Passo pela casa de Jinny sem nenhum ciúme e sorrio para o jovem que arruma a gravata um tanto nervosamente no degrau da entrada. Que o jovem elegante toque a campainha; que a encontre. Vou encontrá-la caso precise dela; do contrário, vou adiante. A antiga corrosão perdeu sua força – o ciúme, a intriga e a amargura foram varridos pelas águas. Também perdemos a nossa glória. Quando éramos jovens sentávamo-nos em qualquer lugar, nos bancos despojados dos saguões castigados por correntes de ar e com as portas sempre batendo. Dávamos cambalhotas seminus feito garotos no convés de um navio molhando uns aos outros com mangueiras. Agora poderia jurar que me agradam as pessoas brotando profusamente do metrô quando o trabalho do dia acabou, unânimes, indistintas, inumeráveis. Tenho colhido meu próprio fruto. Olho desapaixonadamente.

"Afinal, não é de nossa responsabilidade. Não somos juízes. Não é nossa tarefa torturar nossos camaradas com torniquetes e grilhões; não é nossa tarefa subir ao púlpito e pregar-lhes sermões nas desmaiadas tardes de domingo. É melhor contemplar uma rosa, ou ler Shakespeare, tal como eu o leio aqui na Shaftesbury Avenue. Eis aqui o bobo da corte, eis aqui o vilão, aqui, numa carruagem, chega Cleópatra, ardente em sua barca. Eis aqui também as figuras dos condenados, homens sem nariz com os pés mergulhados no fogo, uivando junto ao muro do tribunal de pequenos delitos. Isto é poesia ainda que não seja escrita. Eles representam infalivelmente seu papel, e antes mesmo que abram os lábios eu sei o que irão dizer e aguardo o divino momento em que pronunciam a palavra que deveria ter sido escrita. Ainda que fosse apenas pelo espetáculo, eu poderia caminhar eternamente pela Shaftesbury Avenue.

"Então, chegando da rua, entrando nalgum cômodo, há pessoas conversando, ou mal se dando ao trabalho de conversar. Ele diz, ela diz, alguém mais diz coisas que têm sido ditas com tanta frequência que uma única palavra é agora o bastante para aliviar todo um peso. Rixas, risadas, antigas mágoas – caem todas pelo ar, adensando-o. Pego um livro e leio meia página ao acaso. Ainda não consertaram o bico do bule de chá. A criança baila, vestida com as roupas da mãe.

"Mas então Rhoda, ou talvez Louis, algum espírito abstêmio e angustiado, atravessa a sala e sai novamente. Eles querem um enredo, não é mesmo? Eles querem uma razão? Não é suficiente para eles, esta cena ordinária. Não é suficiente esperar pela coisa a ser dita como se estivesse escrita; ver a sentença depositar sua pitada de argila precisamente no lugar certo, criando o personagem; perceber, de repente, algum grupo em esboço contra o céu. Mas se desejam violência, tenho visto a morte e o assassinato e o suicídio, todos num único cômodo. Alguém entra, alguém sai. Há soluços na escadaria. Tenho ouvido tramas rompidas e nós estreitados e o silencioso cerzir de cambraia branca estendendo-se sem fim sobre os joelhos de uma mulher. Por que perguntar, como Louis, por uma razão, ou fugir, como Rhoda, para algum bosque longínquo e afastar as folhas dos loureiros e ir em busca de estátuas? Eles dizem que se deve bater as asas de encontro à tempestade, na crença de que para além deste caos o sol brilha; de que o sol cai a prumo em lagoas que estão emplumadas de salgueiros. (Eis aqui novembro; os pobres oferecem caixas de palitos de fósforo em mãos castigadas pelo vento.) Dizem que a verdade será encontrada lá por inteiro, e a virtude, que se arrasta aqui por becos sem saída, será mantida lá em perfeito estado. Rhoda foge passando por nós com o pescoço esticado e os olhos cegos e possessos. Louis, agora tão opulento, vai até sua janela no sótão no meio dos telhados esburacados e contempla o lugar de onde ela desapareceu, mas deve voltar à sua cadeira no escritório, entre as máquinas de escrever e o telefone, e arquitetar todo o necessário para a nossa instrução, para a nossa regeneração e para a reforma de um mundo por nascer.

"Mas agora neste cômodo, no qual entro sem bater, as coisas são ditas como se tivessem sido escritas. Vou até a estante de livros. Se resolver, leio meia página de qualquer coisa. Não preciso falar. Mas escuto. Estou magnificamente em alerta. Certamente não se pode ler este poema sem algum esforço. As páginas estão com frequência sujas e tingidas de lama, rasgadas e coladas uma na outra por folhas murchas e por fiapos de verbena ou gerânio. Para ler este poema deve-se ter uma miríade de olhos, como uma daquelas luzes que no Atlântico se voltam à meia-noite para os blocos de água revolta, quando talvez apenas um tufo de alga perfure a superfície, ou repentinamente as ondas se apartem e um monstro venha à tona. Deve-se pôr de lado antipatias e invejas e não interromper. Deve-se ter paciência e um cuidado infinito e deixar que o débil som, seja dos delicados pés das aranhas sobre uma folha, seja o gorgolejo da água em algum irrelevante cano de esgoto, também se manifeste. Nada deve ser rejeitado por medo ou horror. O poeta que escreveu esta página (que leio enquanto as pessoas conversam) se retirou. Não há nenhuma vírgula ou ponto e vírgula. Os versos não se dispõem em tamanhos convenientes. Muita coisa é puro disparate. Deve-se ser cético, mas mandar a cautela às favas e, quando a porta se abrir, aceitar sem qualquer reserva. Também às vezes chorar; também cortar impiedosamente com um golpe da lâmina a fuligem, a casca, as rígidas excrescências de toda espécie. E assim (enquanto eles conversam) deixar a rede descer cada vez mais fundo e delicadamente trazer à superfície o que ele disse e o que ela disse e fazer poesia.

"Agora os ouvi conversando. Agora foram embora. Estou só. Poderia me contentar em ficar eternamente olhando o fogo arder, como uma cúpula, como uma fornalha; agora uma lasca de madeira assume a aparência de um andaime, ou de um fosso, ou de um alegre vale; agora é uma serpente de anéis escarlate com escamas brancas. A fruta sobre a cortina se infla sob o bico do papagaio. Cric, cric, chia o fogo, como o cri-cri de insetos no meio de uma floresta. Cric, cric, os estalidos continuam enquanto lá fora os galhos açoitam o ar, e agora, como uma salva de tiros, uma árvore tomba. São os sons de uma noite de Londres. Então ouço o único som pelo qual espero. Subindo e subindo, ele vem, se aproxima, hesita, para à minha porta. Grito: 'Entre. Sente ao meu lado. Sente no braço do sofá'. Arrebatado pela antiga alucinação, grito: 'Chega mais perto, mais perto'."

"Volto do escritório", disse Louis. "Penduro o casaco aqui, ponho a bengala ali – gosto de imaginar que Richelieu andava com um bastão como este. Despojo-me assim de minha autoridade. Meu lugar fica à direita de um diretor, numa mesa envernizada. Os mapas de nossos exitosos empreendimentos nos confrontam na parede. Temos entrelaçado o mundo com os nossos navios. O globo está enredado com nossas linhas. Sou imensamente respeitável. Todas as jovens damas no escritório notam a minha chegada. Agora posso almoçar onde me apetecer, e sem vaidade posso supor que logo irei adquirir uma casa em Surrey, dois carros, uma estufa de plantas e algumas espécies raras de melão. Mas ainda retorno, ainda volto para meu sótão, penduro meu chapéu e retomo em solidão aquela curiosa tentativa que tenho feito desde que desci meu punho na porta de carvalho, cheia de veios, do professor. Abro um livrinho. Leio um poema. Um poema é suficiente.

> Oh vento ocidental...

Oh vento ocidental, você está em conflito com minha mesa de mogno e minhas polainas, e também, ai de mim, com a vulgaridade de minha amante, a atrizinha, que nunca conseguiu falar inglês corretamente –

> Oh vento ocidental, quando soprarás...

Rhoda, com sua intensa abstração, com seus olhos cegos da cor da carne do caracol, não te destrói, vento ocidental, quer venhas à meia-noite quando as estrelas luzem, quer na hora mais prosaica do meio-dia. Ela fica à janela e contempla os tubos das chaminés e as janelas quebradas das casas das pessoas pobres –

> Oh vento ocidental, quando soprarás...

"Minha tarefa, minha obrigação, tem sido sempre maior que a de outras pessoas. Uma pirâmide foi posta sobre meus ombros. Tenho tentado fazer um trabalho colossal. Tenho conduzido uma equipe violenta, indisciplinada, indócil. Com meu sotaque australiano tenho me sentado em restaurantes e tentado fazer os atendentes me aceitarem, sem nunca esquecer as minhas solenes e sérias convicções e as discrepâncias e incoerências que precisam ser resolvidas. Quando garoto sonhava com o Nilo, custava a me acordar, mas desci meu punho na porta de carvalho cheia de veios. Teria sido mais satisfatório ter nascido sem um destino, como Susan, como Percival, que eu mais admiro.

Oh vento ocidental, quando soprarás,
Para que a chuva miúda possa cair?

"A vida tem sido algo terrível para mim. Sou como uma enorme ventosa, uma boca grudenta, aderente, insaciável. Tenho tentado extrair da carne viva o caroço alojado no centro. Tenho encontrado pouca felicidade natural, embora tenha escolhido minha amante de modo que, com seu sotaque cockney, ela seja capaz de fazer com que me sinta à vontade. Mas ela simplesmente deixava as roupas de baixo sujas jogadas pelo chão, e a criada e os garotos de recado cochichavam pelas minhas costas dez vezes ao dia, zombando de meu porte afetado e arrogante.

Oh vento ocidental, quando soprarás,
Para que a chuva miúda possa cair?

"Qual tem sido meu destino, a pirâmide pontiaguda que tem comprimido minhas costelas por todos esses anos? Que faz com que me recorde do Nilo e das mulheres carregando cântaros na cabeça; com que me sinta fiado e desfiado dos longos verões e invernos que têm feito o trigo ondular e têm congelado os córregos. Não sou um ser só e passageiro. Minha vida não é uma faísca instantânea como a que cintila sobre a superfície de um diamante. Vou para baixo da terra tortuosamente, como um carcereiro que carregasse uma lamparina de cela em cela. Meu destino tem sido o de recordar e o de ter que entrelaçar, ter que trançar em uma única corda os muitos fios, os finos, os grossos, os rompidos, os resistentes, de nossa longa história, de nosso tumultuado e variado dia. Há sempre mais a ser compreendido; uma discórdia a ser verificada; uma falsidade a ser repreendida.

Quebrados e fuliginosos são esses telhados, com seus tubos de chaminé, suas telhas soltas, seus gatos furtivos e suas claraboias. Caminho cheio de cuidados por sobre os vidros quebrados, por entre as telhas esburacadas, e vejo apenas rostos abjetos e famintos.

"Vamos supor que eu faça sentido de tudo isso – um poema numa página, e então morra. Posso assegurar-lhes de que não será a contragosto. Percival morreu. Rhoda me deixou. Mas viverei até ficar macilento e mirrado para, muito respeitado, abrir caminho, com a ajuda de minha bengala de castão de ouro, pelas calçadas da cidade. Talvez não morra nunca, talvez não atinja nem mesmo aquela continuidade e permanência –

> Oh vento ocidental, quando soprarás,
> Para que a chuva miúda possa cair?

"Percival estava florescendo com folhas verdes e foi estendido na terra com todos os seus ramos ainda suspirando ao vento do verão. Rhoda, com quem eu partilhava o silêncio quando os outros falavam, que ficava para trás e se afastava quando o rebanho se reunia e galopava com lombos limpos, lustrosos, sobre as ricas pastagens, agora se foi como o calor do deserto. Quando o sol empola os telhados da cidade eu penso nela; quando as folhas secas tamborilam contra o chão; quando os velhos chegam com bastões pontiagudos e espetam pedacinhos de papel tal como nós a espetamos –

> Oh vento ocidental, quando soprarás,
> Para que a chuva miúda possa cair?
> Cristo! para ter meu amor nos braços,
> E de novo em meu leito dormir!

Volto agora ao meu livro; volto agora à minha tentativa."

"Oh, vida, como a tenho temido", disse Rhoda, "oh, seres humanos, como os tenho odiado! Como vocês têm se acotovelado, como vocês têm impedido a passagem, quão horrendos vocês têm se mostrado na Oxford Street, quão sórdidos sentados face a face, os olhos fixos, no vagão do metrô! Agora enquanto subo esta montanha, do alto da qual verei a África, tenho estampados na mente embrulhos de papel pardo e o rosto de cada um de vocês. Tenho sido conspurcada por vocês e corrompida. Vocês também cheiravam muito mal, enfileirando-se do lado de fora para comprar passagens. Todos estavam vestidos em tons indefinidos de cinza e marrom, nunca tendo sequer uma pena azul espetada num chapéu. Ninguém tinha a coragem de ser uma coisa em vez de outra. Que dissolução da alma vocês exigiam para atravessar um único dia, que mentiras, reverências, salamaleques, palavrório e subserviência! Como vocês me acorrentaram a um certo lugar, a uma certa hora, a uma certa cadeira enquanto vocês se sentavam em frente! Como vocês arrebataram de mim os espaços em branco que ficam entre uma hora e outra e fizeram deles bolinhas sujas, jogando-os no cesto de papel com suas gordurosas garras. Contudo eles eram a minha vida.

"Mas me rendi. Sorrisinhos de sarcasmo e bocejos eram disfarçados com a mão. Não fui para a rua para quebrar uma garrafa na sarjeta em sinal de raiva. Tremendo de ardor, eu fingia que não estava surpresa. O que vocês faziam, eu fazia. Se Susan e Jinny puxavam suas meias assim, eu também puxava as minhas assim. Tão terrível era a vida que eu erguia um anteparo atrás do outro. Olhem para a vida através deste, olhem para a vida através daquele; que haja pétalas de rosa, que haja folhas de videira – eu cobria a rua inteira, a Oxford Street, o Piccadilly Circus, com o fulgor e o frêmito de minha mente, com as folhas de videira e as pétalas de rosa. Também havia baús espalhados pelo caminho quando o colégio entrava em férias. Esgueirava-me secretamente para ler as etiquetas e sonhar com os nomes e os rostos. Harrogate, talvez, Edimburgo, talvez, estivesse alardeado com glória dourada ali onde alguma garota cujo nome esqueço se postava na calçada. Mas era apenas o nome. Deixei Louis; temia os abraços. Com velos, com paramentos, tenho tentado cobrir a lâmina preto-azulada. Implorava ao dia que entrasse na noite.

Tenho desejado ver o armário diminuir, sentir a cama amaciar, flutuar suspensa, perceber árvores alongadas, rostos alongados, um talude verde num matagal e duas figuras em apuros se despedindo. Lancei palavras em leques como as que o semeador atira nos campos arados quando a terra está limpa. Sempre desejei alongar a noite e enchê-la mais e mais de sonhos.

"Então, em alguma sala de concerto, afastei os ramos da música e vi a casa que tínhamos feito; o quadrado ficava sobre o oblongo. 'A casa que contém tudo', disse eu num ônibus, me equilibrando entre os ombros das pessoas, após a morte de Percival; mas fui para Greenwich. Caminhando pela margem do rio, rezava para que eu pudesse trovejar eternamente à beira do mundo onde não há nenhuma vegetação, mas aqui e ali uma coluna de mármore. Joguei meu buquê na onda que se desdobrava. Disse: 'Consuma-me, leve-me para o último confim'. A onda quebrou; o buquê está murcho. Raramente penso em Percival agora.

"Agora subo esta colina espanhola; e farei de conta que este lombo de mula é minha cama e que estou deitada moribunda. Agora há apenas um lençol fino entre mim e as profundezas infinitas. Os calombos do colchão se atenuam sob mim. Nós vamos aos tropeções para cima – nós vamos aos tropeções para a frente. Meu rumo tem sido sempre para o alto, em direção a alguma árvore solitária, com uma poça ao lado, bem no topo. Tenho fendido as águas da beleza ao entardecer, quando as colinas se fecham feito asas de pássaro dobradas. Tenho colhido às vezes um cravo vermelho, e punhados de feno. Tenho me afundado sozinha na relva e manuseado algum osso velho e pensado: Quando o vento se curvar para varrer este cume, que não haja nada a ser encontrado a não ser um punhado de pó.

"A mula vai aos tropeções para cima e para a frente. O espinhaço da colina se eleva como névoa, mas do topo verei a África. Agora a cama cede sob mim. Os lençóis semeados de furos amarelos me deixam cair passando por eles. A boa mulher ao pé da cama, com um rosto como o de um cavalo branco, me faz um gesto de adeus e se vira para ir embora. Quem então vem comigo? Flores apenas, a briônia-branca e o pilriteiro cor de luar. Juntando-as frouxamente num feixe, fiz delas uma guirlanda e dei de presente – Oh, para quem? Atiramo-nos agora sobre o precipício. Sob nós pairam as luzes da frota de arenque. Os penhascos desaparecem. Encrespando-se levemente, encrespando-se cinzentas, um sem-número de ondas se estendem sob nós. Não toco em nada. Não vejo nada. É possível que mergulhemos e nos alojemos nas ondas. O mar irá tamborilar em meus ouvidos. As pétalas brancas ficarão escuras da água do mar. Flutuarão por um instante e depois afundarão. Pondo-me de pés para cima, as ondas me levarão para baixo. Tudo cai numa terrível torrente, dissolvendo-me.

"Contudo aquela árvore tem ramos ouriçados; aquilo é o claro contorno do telhado de uma choupana. Aquelas figuras em forma de bexiga pintadas de vermelho e amarelo são rostos. Pondo o pé no chão, avanço cautelosamente e, com a mão, empurro a porta sólida de uma estalagem espanhola."

O sol declinava. A rocha dura do dia estava rachada, e a luz jorrava por entre suas estilhas. Vermelho e ouro disparavam através das ondas, em flechas correndo ligeiras, emplumadas de escuridão. Erraticamente, raios de luz faiscavam e serpenteavam, como sinais vindos de ilhas submersas, ou como dardos arremessados por entre bosques de loureiro por garotos impudentes, travessos. Mas as ondas, à medida que se aproximavam da praia, estavam privadas de luz, e caíam num só e longo baque, como uma parede caindo, uma parede de pedra cinza, impérvia a qualquer frincha de luz.

Uma brisa se levantava; um arrepio passava por entre as folhas; e assim estremecidas, elas perdiam sua densidade castanha e se tornavam cinza ou brancas à medida que a árvore deslocava sua massa, tremulava e perdia sua uniformidade de abóbada. O falcão equilibrado no ramo mais alto bateu as pálpebras e subiu e planou e voou para bem longe. A tarambola selvagem gritava nos brejos, fugindo, dando voltas e gritando mais longe, só. A fumaça dos trens e das chaminés se espalhava e se rompia e se tornava parte do felpudo dossel que pendia sobre o mar e os campos.

Agora o trigo fora ceifado. Agora apenas um restolho rígido era o que sobrava de todo seu ondular e balanço. Lentamente, uma coruja enorme se lançou do olmo e oscilou e se elevou, como que sobre uma linha que tivesse baixado, ao alto do cedro. Sobre as colinas, as vagarosas sombras, ao passarem por cima, ora se alargavam, ora se encolhiam. A poça no topo do matagal jazia imperturbável. Nenhum rosto peludo se mirava ali, nenhum casco chapinhava ali, nenhum focinho encalorado fervilhava na água. Um pássaro, empoleirado num graveto cinzento, bebericava um bico inteiro de água fria. Não havia nenhum som de colheita e nenhum som de rodas, mas apenas o repentino uivo do vento deixando suas velas se inflarem e varrendo o topo das gramas. Um osso se estendia no chão escavado pela chuva e alvejado pelo sol até reluzir como um graveto que o mar polira. A árvore, que tinha se inflamado de um castanho avermelhado na primavera e em pleno verão tinha curvado suas flexíveis folhas na direção do vento sul, estava agora preta como ferro, e igualmente nua.

A terra firme estava tão distante que nenhum telhado brilhante ou janela reluzente podiam mais ser vistos. O tremendo peso da terra escurecida tinha engolfado obstáculos tão frágeis quanto esses, empecilhos tão frágeis quanto conchas de caracol como esses. Agora havia apenas a sombra líquida da nuvem, o açoite da chuva, uma única lança dardejante de luz solar ou o repentino golpe da tempestade. Árvores solitárias marcavam, feito obeliscos, as colinas longínquas.

O sol do entardecer, cujo calor se dissipara e cujo foco de intensidade abrasadora se difundira, tornava as poltronas e mesas mais suaves, engastando-as com losangos de castanho e amarelo. Listradas de sombras, seu peso parecia mais imponente, como se a cor, inclinada, tivesse escorrido para um dos lados. Aqui estavam faca, garfo e cálice, mas alongados, intumescidos e parecendo portentosos. Marginado por um círculo dourado, o espelho mantinha a cena imóvel, como que sempiterna, aos seus olhos.

Entrementes, as sombras se alongavam sobre a praia; a escuridão se aprofundava. A bota, preta como carvão, se transformou numa poça de um azul profundo. As rochas perdiam sua dureza. A água em volta do barco velho estava escura como se mexilhões tivessem sido embebidos nela. A espuma empalidecera e deixara aqui e ali um clarão branco de pérola sobre a areia nebulosa.

"Hampton Court", disse Bernard, "Hampton Court. Este é nosso ponto de encontro. Contemplem as chaminés vermelhas, as ameias retangulares de Hampton Court. O tom de minha voz ao pronunciar 'Hampton Court' mostra que estou na meia-idade. Dez, quinze anos atrás eu teria dito 'Hampton Court?' interrogativamente – como será? Haverá lagos, labirintos? Ou esperançosamente: O que acontecerá comigo aqui? Quem encontrarei? Agora, Hampton Court – Hampton Court – as palavras fazem soar um gongo no espaço que eu tenho tão laboriosamente desobstruído com meia dúzia de telefonemas e cartões postais, elas deixam escapar um anel de som atrás do outro, retumbantes, sonoros: e as imagens ressurgem – tardes de verão, barcos, velhas senhoras erguendo a saia, um vaso solitário no inverno, alguns narcisos em março – tudo isso sobrenada nas águas que agora se estendem profundas sobre cada cena.

"Lá à porta do albergue, nosso ponto de encontro, eles já estão a postos – Susan, Louis, Rhoda, Jinny e Neville. Já se encontraram. Num instante, quando tiver me juntado a eles, um outro arranjo se formará, uma outra composição. O que agora é esbanjado, compondo cenas em profusão, será contido, determinado. Reluto em tolerar essa compulsão. A cinquenta metros de distância já percebo que a ordem de meu ser está alterada. O puxão do magneto da companhia deles faz-se notar em mim. Chego mais perto. Eles não me veem. Agora Rhoda me vê, mas faz de conta, com o horror que ela tem dos encontros, que sou um estranho.

Agora Neville se vira. De repente, erguendo a mão para saudar Neville, eu grito: 'Eu também tenho imprensado flores entre as páginas dos sonetos de Shakespeare', e me sinto nauseado. Meu pequeno barco balança instavelmente sobre as encrespadas e revoltas ondas. Não há nenhuma panaceia (permitam-me registrá-lo) contra o choque do encontro.

"Tampouco é confortável unir arestas desiguais, arestas ásperas; apenas gradualmente, à medida que entramos lenta e pesadamente no albergue, tirando casacos e chapéus, é que o encontro se torna agradável. Agora nos reunimos na longa, despojada sala de refeições que dá para algum parque, algum espaço verde, ainda fantasticamente iluminado pelo sol poente de modo que há uma faixa dourada entre as árvores, e nos sentamos."

"Agora sentados um ao lado do outro", disse Neville, "nesta mesa estreita, agora, antes que a primeira emoção se abrande, o que sentimos? Com sinceridade, aberta e diretamente como convém a velhos amigos que dificilmente se encontram, o que sentimos agora ao nos encontrarmos? Tristeza. A porta não vai abrir; ele não virá. E estamos sobrecarregados. Estando todos nós na meia-idade, a carga pesa sobre os nossos ombros. Larguemos nossa carga. O que vocês têm feito da vida, perguntamos, e eu? Você, Bernard; você, Susan; você, Jinny, e Rhoda e Louis? As listas tinham sido afixadas nas portas. Antes de partir esses pãezinhos e nos servirmos de peixe e salada, tateio meu bolso secreto para encontrar minhas credenciais – que carrego comigo para provar minha superioridade. Eu tinha sido aprovado. Tenho documentos no meu bolso secreto para prová-lo. Mas seus olhos, Susan, cheios de nabos e trigais, me perturbam. Esses documentos no meu bolso secreto – o clamor que prova que eu tinha sido aprovado – produz um som, débil como o de um homem batendo as mãos num campo deserto para espantar as gralhas. Agora, sob o olhar fixo de Susan, cessara de todo (o bater de mãos, a reverberação que produzi) e ouço apenas o vento varrendo a terra arada e algum pássaro cantando – talvez alguma cotovia inebriada. Será que o garçom ouvira falar de mim, ou aqueles sempiternos e furtivos casais, ora caminhando à toa, ora se detendo para olhar as árvores que ainda não estão com sombra suficiente para abrigar seus cansados corpos? Não; o som da batida de mãos fracassou.

"O que resta, então, quando não consigo puxar meus documentos e fazer com que vocês acreditem, ao ler em voz alta minhas credenciais, que fora aprovado? O que resta é o que Susan traz à luz sob a acidez de seus olhos verdes, seus olhos cristalinos, seus olhos em formato de pera. Há sempre alguém, quando nos reunimos, e as arestas do encontro ainda estão ásperas, que se recusa a ser afundado; cuja identidade, portanto, desejamos que se submeta à nossa. Para mim, agora, é o caso de Susan. Falo para impressionar Susan. Escute-me, Susan.

"Quando alguém chega durante o café da manhã, até mesmo a fruta bordada da minha cortina se infla de modo que meus papagaios podem bicá-la; é possível parti-la ao meio apertando-a entre o polegar e o indicador. O leite magro, desnatado, do começo da manhã adquire um tom de opala, um tom azul, rosa. A esta hora seu marido – o homem que batia nas próprias polainas, apontando com o chicote para a vaca estéril – resmunga. Você não diz nada. Você não vê nada. O hábito lhe cega os olhos. A esta hora a sua relação está muda, zerada, pardacenta. A minha a esta hora está cálida e variegada. Não há para mim nenhuma repetição. Cada dia é perigoso. Macios na superfície, somos todos osso por baixo, como cobras coleando. Suponhamos que lemos o *Times*; suponhamos que discutimos. Trata-se de uma experiência. Suponhamos que é inverno. A neve que cai se acumula sobre o telhado e nos lacra, juntos, numa caverna vermelha. Os canos rebentaram. Pomos uma banheira de estanho amarela no meio do quarto. Corremos desnorteados atrás de bacias. Veja ali – rebentou de novo junto à estante de livros. Gritamos às gargalhadas à vista do desastre. Que a solidez seja destruída. Que não tenhamos posse alguma. Ou é verão? Podemos passear à margem de um lago e ver os gansos chineses bamboleando, de pés chatos, até a beira da água, ou ver uma igreja da cidade, esguia como um osso, com o verde tremulando à sua frente. (Escolho ao acaso; escolho o óbvio.) Cada vista é um arabesco rabiscado às pressas para ilustrar algum acaso e a maravilha da intimidade. A neve, o cano rebentado, a banheira de estanho, os gansos chineses – esses são os sinais suspensos nas alturas nos quais, rememorando, leio o caráter de cada amor; o quanto cada um era diferente.

"Você, enquanto isso – pois quero diminuir sua hostilidade, seus olhos verdes fixados nos meus, e seu vestido surrado, suas mãos ásperas, e todos os outros emblemas de seu esplendor maternal – se agarrava como uma lapa ao mesmo rochedo. Contudo é verdade, não quero magoá-la; apenas renovar e restaurar minha própria crença em mim mesmo que sofreu um colapso quando de sua entrada. A mudança não é mais possível. Estamos comprometidos. Antes, quando nos encontramos com Percival num restaurante de Londres, todos brilhavam e vibravam; poderíamos ter sido qualquer coisa. Agora fizemos uma escolha, ou às vezes parece que fizeram a escolha por nós – uma tenaz nos agarrou por entre os ombros. Fiz uma escolha. Recebi a impressão da vida não exteriormente, mas interiormente, sobre a fibra crua, imaculada, indefesa. Estou turvado e lacerado pela impressão de mentes e rostos e coisas tão sutis que elas têm cheiro, cor, textura, substância, mas nenhum nome. Sou simplesmente 'Neville' para vocês, que veem os estreitos limites de minha vida e a linha que ela não pode ultrapassar. Mas para mim mesmo sou imensurável; uma rede cujas fibras passam imperceptíveis sob o mundo. Minha rede é quase indistinguível daquilo que a circunda. Ela iça baleias – leviatãs enormes e medusas brancas, o que é amorfo e errante; eu detecto, eu percebo. Sob meus olhos abre-se – um livro; enxergo o fundo; o cerne – enxergo as profundezas. Sei quais amores tremem de ardor; como o ciúme lança seus lampejos verdes para cá e para lá; quão intricadamente o amor transpassa o amor; como o amor ata; como o amor brutalmente os dilacera. Tenho sido atado; tenho sido dilacerado.

"Mas houve uma vez outra glória, quando vimos a porta se abrir e Percival chegar; quando nos atiramos sem amarras na quina de um banco duro de um restaurante."

"Havia o bosque de faias", disse Susan, "Elvedon, e os ponteiros dourados do relógio cintilando no meio das árvores. Os pombos cortavam as folhas. As luzes cambiantes, itinerantes, vagavam sobre mim. Elas me escapavam. Mas olhe, Neville, você, a quem eu rebaixo para que eu possa ser eu mesma, para a minha mão sobre a mesa. Olhe para os matizes de cor saudável aqui nos nós dos dedos, aqui na palma da mão. Meu corpo tem sido usado todos os dias, com exatidão, como uma ferramenta nas mãos de um trabalhador hábil, por inteiro. A lâmina está limpa, afiada, gasta no centro. (Batalhamos juntos, como feras lutando num campo, como veados entrechocando seus chifres.) Vistas através de sua carne pálida e mole, até mesmo as maçãs e as pencas de frutas devem ter uma aparência translúcida, como se estivessem debaixo de um vidro. Afundado numa poltrona com uma pessoa, uma pessoa apenas, mas uma pessoa que muda, você vê apenas uma polegada de carne; seus nervos, suas fibras, o fluxo lento ou ligeiro do sangue que corre nela; mas nada inteiro. Não vê uma casa num jardim; um cavalo num campo; uma cidade estendida, quando você se curva como uma velha senhora forçando a vista sobre sua costura. Mas tenho visto a vida em blocos, sólidos, enormes; suas ameias e suas torres, suas fábricas e seus gasômetros; uma residência construída desde tempos imemoriais segundo um padrão hereditário. Essas coisas continuam sólidas, proeminentes, inquebrantáveis na minha mente. Não sou sinuosa ou suave; sento-me entre vocês, raspando a suavidade de vocês com a minha dureza, amortecendo o frêmito bruxuleante, cinza-prateado, adejante como asas de mariposa, das palavras, com o jorro verde de meus olhos claros.

"Agora fizemos nossas galhadas se chocarem. É o prelúdio necessário; a saudação de velhos amigos."

"O ouro se desbotou por entre as árvores", disse Rhoda, "e uma fatia de verde se põe atrás delas, alongada como a lâmina de uma faca vista em sonhos, ou como alguma ilha afilada na qual ninguém põe os pés. Agora os carros começam a piscar e a tremeluzir, descendo a avenida. Os amantes podem agora se esgueirar na escuridão; os troncos das árvores estão intumescidos, estão obscenos, com tantos amantes."

"Era diferente outrora", disse Bernard. "Outrora podíamos romper a corrente a nosso bel-prazer. Quantos telefonemas, quantos cartões-postais são agora necessários para abrir este canal através do qual nos encontramos, unidos, em Hampton Court? Quão rapidamente a vida escorre de janeiro a dezembro! Somos todos levados de roldão pela torrente das coisas que se tornaram tão familiares que não projetam nenhuma sombra; não fazemos nenhuma comparação; quase nunca pensamos no eu ou no você; e nessa inconsciência atingimos a liberdade suprema relativamente à fricção e nos livramos das ervas daninhas que se espalham à boca dos canais subterrâneos. Temos que saltar como peixe, bem alto, para pegar o trem que parte de Waterloo. E por mais alto que saltemos, voltamos a cair na correnteza. Agora nunca tomarei um navio para as Ilhas dos Mares do Sul. Um passeio a Roma é o limite de minhas viagens. Tenho filhos e filhas. Estou cravado no meu lugar no quebra-cabeça.

"Mas é apenas meu corpo – este homem velho aqui que vocês chamam de Bernard – que está irrevogavelmente fixado – ao menos quero crê-lo. Penso com mais desinteresse do que conseguia quando era jovem e preciso vasculhar furiosamente, como uma criança remexendo num pote da sorte, para encontrar meu eu. 'Veja, o que é isso? E isso? Será um presente bonito? Isso é tudo?' e assim por diante. Agora sei o que os pacotes contêm; e não me importo muito. Lanço minha mente no ar como um homem que lança, em largos movimentos da peneira, sementes que caem, pelo meio do poente púrpura, na terra arada, compacta e reluzente, e ainda nua.

"Uma frase. Uma frase imperfeita. E as frases o que são? Elas me deixaram muito pouco para pôr sobre a mesa, ao lado da mão de Susan; para tirar do bolso, junto com as credenciais de Neville. Não sou uma autoridade em direito, ou medicina, ou finanças. Estou envolto em frases, como em palha úmida; cintilo, fosforescente. E cada um de vocês pensa quando eu falo: 'Estou aceso. Cintilo'. Os garotos costumavam pensar: 'Esta é das boas, esta é das boas', à medida que as frases borbulhavam de meus lábios sob os olmos dos campos de jogo. Eles também borbulhavam; eles também se refugiavam no escapismo graças às minhas frases. Mas eu me consumo em solitude. A solitude é minha ruína.

"Vou de casa em casa como os frades da Idade Média, que iludiam as casadas e as solteiras com preces e baladas. Sou um viandante, um mascate, pagando minha hospedagem com uma balada; sou um hóspede pouco exigente, fácil de ser satisfeito; com frequência alojado no melhor quarto, numa cama com dossel; depois dormindo num celeiro sobre um monte de feno. Não me incomodo com as pulgas e tampouco vejo defeito na seda. Sou muito tolerante. Não sou moralista. Tenho uma consciência demasiado grande da brevidade da vida e de suas tentações para me pôr a estabelecer balizas vermelhas. Contudo não sou tão pouco criterioso como vocês pensam, julgando-me – como vocês o fazem – por minha fluência. Tenho um pequeno punhal de desprezo e severidade escondido na manga. Mas estou propenso a ser vergado. Invento histórias. Tramo joguinhos a partir de qualquer coisa. Uma garota está sentada à porta de uma cabana; ela está à espera; de quem? Seduzida ou não seduzida? O diretor do colégio vê o furo no tapete. Ele suspira. Sua mulher, passando os dedos pelos ondeados de seus cabelos ainda abundantes, reflete – et cetera. Acenos de mãos, hesitações na esquina das ruas, alguém deixando cair um cigarro na sarjeta – são todas histórias. Mas qual é a história verdadeira? Isso eu não sei. Por isso mantenho minhas frases penduradas como roupas num armário, à espera de alguém que as vista. Esperando desse jeito, especulando desse jeito, fazendo esta nota e depois outra, não me apego à vida. Serei expelido como uma abelha de um girassol. Minha filosofia, sempre se acumulando, jorrando a todo momento, corre como mercúrio numa dúzia de direções ao mesmo tempo. Mas Louis, visionário porém severo, em seu sótão, em seu escritório, tem chegado a conclusões inalteráveis sobre a verdadeira natureza do que se deve saber."

"Ele se rompe", disse Louis, "o fio que tento fiar; o riso de vocês faz com que ele se rompa, a indiferença, a beleza de vocês também. Jinny rompeu o fio quando me beijou no jardim anos atrás. Os garotos gabolas zombavam de mim no colégio por causa de meu sotaque australiano e romperam-no. 'Este é o significado', digo; e então me sobressalto com uma fisgada – a vaidade. 'Escutem', digo, 'o rouxinol que canta em meio ao tropel de pés; as conquistas e as migrações. Acreditem –' e então sou estraçalhado. Por cima dos ladrilhos quebrados e dos cacos de vidro, avanço cautelosamente. Luzes variadas caem, tingindo o ordinário de pintas como as do leopardo e tornando-o estranho. Este momento de reconciliação, quando nos encontramos unidos, este momento vespertino, com seu vinho e suas folhas tremulantes, e os jovens vindo do rio em roupas de flanela branca, carregando almofadas, é para mim enegrecido pelas sombras dos calabouços e pelas torturas e pelas infâmias infligidas pelo homem ao homem. Tão imperfeitos são os meus sentidos que eles nunca encobrem com um tom único de púrpura as sérias acusações que a minha razão junta e junta contra nós, até mesmo enquanto estamos sentados aqui. Qual é a solução, me pergunto, e a ponte? Como posso reduzir essas ofuscantes, essas dançantes aparições a uma única linha, capaz de interligar todas em uma única? Sobre isso reflito; e vocês enquanto isso observam maliciosamente meus lábios contraídos, minhas bochechas macilentas e minha invariável carranca.

"Mas também lhes suplico que notem minha bengala e meu colete. Herdei uma escrivaninha de mogno maciço, numa sala com mapas na parede. Nossos navios a vapor adquiriram uma reputação invejável por suas cabines de puro luxo. Fornecemos piscinas e equipamentos de ginástica. Agora visto um colete branco e consulto uma agenda antes de cumprir um compromisso.

"Este é o modo astuto e irônico pelo qual espero desviar a atenção de vocês de minha tremulante, minha frágil e infinitamente jovem e desprotegida alma. Pois sou sempre o mais jovem; o mais inocentemente surpreendido; aquele que se antecipa por preocupação e solidariedade diante do incômodo ou do ridículo – caso haja uma mancha no nariz de alguém, ou um botão aberto. Sofro por todas as humilhações. Contudo também sou implacável,